中国广播影视出版社
China Radio Film & TV Press

出版人 王卫平

纪念中国人民抗日战争暨世界反法西斯战争胜利70周年

东方主战场

The origental battlefield

《东方主战场》编写组 编著

中国广播影视出版社

序

国家新闻出版广电总局副局长　**田进**

中国人民14年艰苦卓绝的抗战历史是中华民族永远不能忘却的。作为“国家相册”，纪录片理当去挖掘和反映这段波澜壮阔的历史。在纪念中国人民抗日战争暨世界反法西斯战争胜利70周年之际，全国共有30多部反映抗战历史的纪录片在各个电视频道播出，形成一股强大宣传热潮。这其中，中央电视台制作播出的8集大型纪录片《东方主战场》，无疑是抗战题材纪录片的“扛鼎之作”。

《东方主战场》在央视播出后，引起热烈反响，应广大观众要求，国家新闻出版广电总局安排全国电视上星频道和地面主频道进行展播，该片将从9月起陆续在各台播出，一直将持续到今年12月中旬。这样的播出规模、密度是不多见的。

《东方主战场》是在中宣部、国家新闻出版广电总局和解放军总政治部等直接指导下创作的，该片第一次在影视作品中全面阐释了中国人民抗日战争是世界反法西斯战争东方主战场这一主题，全景展现了在世界反法西斯战争中，中国人民抗日战争开始时间最早，持续时间最长，消灭日军最多，付出代价最大，对彻底战胜日本法西斯起到了决定性作用；特别是生动地反映了中国共产党在唤醒中国人民的民族精神、倡导维护抗日民族统一战线、发动全民族抗日救亡方面发挥了不可替代的中流砥柱作用。《东方主战场》主要有以下几方面的特点：

有立意高度。中国人民抗日战争，开辟了世界反法西斯战争的东方主战场，为挽救民族危亡、实现民族独和人民解放，为争取世界和平的伟大事业，做出了彪炳史册的贡献。《东方主战场》的创作者始终站在这样的高度，从政治经济文化社会等各个方面进行深入挖掘，突出了东方主战场的战略地位和重大意义，做到了基调积极向上、主题鲜明突出。正是因为立意高，才使得这部作品具备了“扛鼎之作”的分量感。

有价值尺度。《东方主战场》是一部思想精深、艺术精湛、制作精良的精品力作，他的成功离不开表现方式和创作手法上的创新，离不开创作团队的艺术追求。但从根本上来讲，还在于始终把握明确的价值标尺。创作团队在创作过程中立场鲜明，紧紧围绕“铭记历史、缅怀先烈、珍爱和平、开创未来”的主题，着力体现以爱国主义为核心的伟大民族精神是中国人民抗日战争胜利的决定因素，中国共产党的中流砥柱作用是中国人民抗日战争胜利的关键，全民族团结抗战是中国人民抗日战争胜利的法宝。正是因为坚持正确的历史观，《东方主战场》这部片子才站得住、立得稳，经得起历史检验。

有现实锐度。习近平总书记说，历史是最好的教科书。对我们共产党人来说，中国革命历史是最好的营养剂。优秀的历史题材纪录片，既要立足历史，更要关照现实。通过《东方主战场》这部纪录片所记录的一个个鲜活的人物，我们品味到那些镌刻在党史中的理想、信念、牺牲、奉献是那样具体、形象和厚重。我们感受到那些在血与火的锻造中凝练的革命精神和优良传统是何等的可贵。通过这部片子，今天的人们可以深刻体悟到，中国人民选择中国共产党是历史的必然，从而进一步坚定道路自信、理论自信、制度自信、文化自信。

有情感温度。习近平总书记在讲话中曾引用了当时报纸社评的一段话："今天南北战场上，是争着死、抢着死，因为大家有绝对的信仰，知道牺牲自己，是换取中华民族子孙万代的独立自由。"中国人民抗日战争异常惨烈，从战略防御到战略相持、战略反攻，无论是正面战场还是敌后战场，中国人民同仇敌忾、共赴国难、铁骨铮铮、视死如归。《东方主战场》呈现出了这种历史的壮烈，展现出了中国人的血气、骨气、底气，让人们在情感上产生共鸣，进而让作品具有了独特的冲击力感染力。

《东方主战场》创作时间只有半年多，但是创作团队集结了一大批全国乃至国际有关方面的权威专家学者，收集了大量历史研究成果和影像资料，而最终呈现在纪录片中的只是冰山之一角。那些因片长所限无法与观众见面的影像资料和历史细节，为图书《东方主战场》提供了丰富的资源。图书《东方主战场》是纪录片《东方主战场》的补充和延伸。不同的媒介有各自的特点和优势。我想，广大观众在受到纪录片

《东方主战场》深深的感染和震撼之余，能够展卷静读，从图书中细细体味更多的细节，一定会有另外一种享受和收获。

2015 年 9 月 10 日

目　录

Contents

第一章　东方风云

第二章　历史印记

第三章　光影背后

第一章 东方风云

第一节

东方危急

中国人民的抗日战争，是第二次世界大战的重要组成部分。中国的抗日战争，开始时间的最早，持续的时间最长，消灭的日军最多，付出的民族牺牲最大，是战胜日本法西斯的决定性力量。中国战场是世界反法西斯战争的东方主战场。

毛泽东指出：中华民族的奋起抵抗，使中国“紧密地与世界连成一体”，“我们的敌人是世界性的敌人，中国的抗战是世界性的抗战”。

发生在20世纪三四十年代的世界反法西斯战争，是一场正义战胜邪恶，光明战胜黑暗，进步战胜反动的正义战争。80多个国家和地区、约20亿人口卷入其中，战火遍及亚洲、欧洲、非洲及大洋洲。全世界爱好和平的国家和人民团结一致，英勇奋战，浴血捍卫人类尊严，赢得了世界和平。

中国人民的抗日战争，是世界反法西斯战争的重要组成部分。中国抗日战争，开始的时间最早，持续的时间最长，消灭的日军最多，付出的民族牺牲最大，是战胜日本法西斯的决定性力量。中国战场是世界反法西斯战争的东方主战场。

毛泽东指出：中华民族的奋起抵抗，使中国“紧密地与世界连成一体”，“我们的敌人是世界性的敌人，中国的抗战是世界性的抗战”。

美国总统罗斯福认为：“要打败日本，唯一的办法是抓住中国人不放。”“假如没有中国……日本可以一直冲向中东，和德国配合，举行一个大规模的夹攻，在近东会师，把俄国完全隔离起来，吞并埃及，斩断通往地中海的一切交通线……”

英国首相丘吉尔说：“如

历史链接

反法西斯战争

1940年9月27日，德、意、日在柏林缔结军事同盟条约，形成侵略集团。1941年6月22日，德国撕毁《德苏互不侵犯条约》，大举进攻苏联，苏联境内成为世界反法西斯战争的主要战场，中国成为东方主战场。同年12月8日，日军偷袭珍珠港和美英荷在太平洋的其他属地。次日，美、英对日宣战，11日德、意对美宣战，太平洋战争爆发。1942年1月1日，中、苏、美、英等26个国家在华盛顿签署《联合国家宣言》，世界反法西斯同盟正式形成。

果日本进军西印度洋，必然会导致我方在中东的全部阵地崩溃，而能防止上述局势出现的只有中国。”

苏联最高统帅斯大林说：“只有当日本侵略者的手脚被捆住的时候，我们才能在德国侵略者一旦进攻我国的时候避免两线作战。”

中国人民抗日战争赢得了近代以来中国反抗外敌入侵的第一次完全胜利，谱写了中华民族解放战争史和世界反法西斯战争史上的光辉篇章。70 年过去了，这场战争给世人留下了永远的记忆，给历史留下了深刻的启迪。

和平常驻，正义长存！

一

1931 年 9 月 18 日 22 时 20 分，日本关东军铁路守备队将南满铁路的一段轨道炸毁，反诬中国军队所为，随即向北大营发起进攻，震惊中外的“九一八”事变爆发了。

九一八北大营当天现场

1918年11月11日，第一次世界大战结束，随后，长达5个多月的巴黎和会终于落下帷幕。第一次世界大战的战胜国代表，与战败国德国代表签订了《凡尔赛和约》。

中国以战胜国身份参加巴黎和会，提出取消列强在华的各项特权。然而，《凡尔赛和约》上明文规定，把战败德国在山东的特权全部转让给日本。

“一战”的硝烟尚未散尽，新的世界大战已在孕育之中。

这时，无论是在巴黎和会上的分赃没能如愿的战胜国意大利、日本，还是战败国德国，先后走上了一条邪路，这就是法西斯主义。

历史链接

北大营

在沈阳大东区柳林街附近，有一处家属院，在这院子里，有三排平房与周边的建筑明显不同，普通的房屋是红砖青瓦，而这三排房子却是“青砖铁皮”。这里就是曾经打响“九一八”的北大营。

当年柳条湖铁路的爆炸声刚过，日军设在守备区营区内的24厘米口径大炮便开始炮轰北大营，与此同时，埋伏在北大营围墙外面的日军独立守备队第二大队的步兵也在炮火的掩护下，向北大营发起攻击。当时驻扎在北大营的是东北军独立第七旅。当日军向北大营发起进攻时，第七旅参谋长一面命令部队进入预定阵地，一面用电话向东北边防军参谋长请示，而得到的命令却是“不准抵抗，不准动，把枪放到库房里，挺着死，大家成仁，为国牺牲”。于是，在几乎没有遭到什么抵抗的情况下，日军很快就攻入北大营，并完全占领北大营。被日军炮火破坏后的北大营已成残垣断壁。

1868年明治维新之后，日本进行改革，国力后来居上。武士道的封建传统、资源的匮乏，加上西方殖民主义的示范等因素，致使日本成为穷兵黩武的军国主义国家，对周边国家的资源与土地，总是贪婪觊觎。

公理战胜强权舫

到 1890 年，日本已形成向亚洲大陆扩张的“大陆政策”。有“日本军国之父”之称的山县有朋表述道：“我方利益线之焦点，在于朝鲜”，“釜山、新义州间之道路即通往东亚大陆之道路，而后几成为横贯中国直达印度之途”。显而易见，日本不想只当个海上霸王，而想成为横跨海陆的大帝国，征服中国成为日本“大陆政策”的核心。

1894 年甲午战争，日本占领中国台湾及澎湖列岛，获得南进基地，吞并朝鲜，获得向亚洲大陆扩张的桥头堡。

1904 年日俄战争，日本获得旅顺、大连和南满铁路控制权，势力渗透进东北南部。

1915 年日德交战，日本获得青岛及胶济铁路的控制权。

1927 年 6 月 27 日，在东京召开的东方会议上，日本田中内阁策划了侵略中国、称霸亚太的计划，日本的征服计划写在《田中奏折》之中：“唯欲征服支那，必先征服满蒙。如欲征服世界，必先征服支那。”

二

1904年至1905年，日本从沙皇俄国手中夺得旅顺、大连的租借权以及南满铁路的经营权，就此，开始利用这条铁路实施侵略计划，对中国东北的资源进行大规模掠夺，优质的煤、铁矿石等战略资源源源不断被运往日本。而同时，大批日本人移民来到中国东北，到1931年之前，人数达到20多万。

历史链接

《凡尔赛和约》

《凡尔赛和约》:《凡尔赛条约》或《凡尔赛和约》(英文: Treaty of Versailles)，全称《协约国和参战各国对德和约》，是第一次世界大战后，战胜国(协约国)对战败国(同盟国)的和约，它的主要目的是惩罚和削弱德国。协约国和同盟国于1918年11月11日宣布停火，经过巴黎和会长达6个月的谈判后，于1919年6月28日在巴黎的凡尔赛宫签署条约，标志着第一次世界大战正式结束。得到国际联盟的承认后，于1920年1月10日正式生效。在此期间，中国因巴黎和会对于中日青岛问题无法解决，进而爆发全国性的爱国的“五四运动”。

【采访乔治·华盛顿大学教授罗纳德·斯佩克特】

从1905年到1930年左右，中国的东北三省一直都是日本关注的焦点。日本觉得自己可以在东北三省发展各种重型工业，计划把日本的很多农民输送到东北三省，利用当地富饶的土地开发农业，从而成为日本的工业基地。

长城抗战大刀队

守备南满铁路的部队便是臭名昭著的日本关东军，它是日本侵华的马前卒。

他们预谋把东北从中国分离出去，建立一个日本人统治的新殖民国家。此时的东北已成为日本法西斯眼中随时准备吞食的美味。

1931 年 9 月 18 日，日本关东军以贼喊捉贼的卑鄙手法，公然用武力侵略东北。

“九一八”事变爆发时，中国军队接到的是不抵抗的命令。在此之前，蒋介石曾明确电示张学良：“无论日本军队此后如何在东北寻衅，我方应予不抵抗，力避冲突，吾兄万勿逞一时之愤，置国家民族于不顾。”此后的蒋介石坚持“攘外必先安内”方针，忙于在南方“剿共”。

“九一八”事变第三天，中国共产党公开发表宣言，反对日本帝国主义强占东北，严厉谴责国民党政府的对日不抵抗政策。

随后，中共中央、中华苏维埃共和国临时中央政府发表十多个文件，揭露日本的侵略野心，号召民众起来武装抗日。

三

面对日本的野蛮侵略，抗日救亡运动在全国范围内蓬勃兴起。

民众自发组建的东北义勇军率先开始了大规模武装抵抗。中国共产党领导的东北抗日联军成为坚持东北抗战的主要力量。

历史链接

东北抗日联军

东北抗日联军是在中国共产党领导下的一支英雄部队。它的前身是东北抗日义勇军余部、东北反日游击队和东北人民革命军，是20世纪三四十年代中国人民抵抗日本帝国主义侵略的伟大民族解放战争的重要组成部分，在中国的革命史上有不可磨灭的伟大功绩。在日本侵略者的大后方，他们14年的艰苦斗争抗击了数十万日伪正规军，连同东北义勇军共歼灭日伪军25万余人，有力地支援了全国的抗日战争，他们可歌可泣、英勇无畏的牺牲精神，是中华民族争取独立宁死不屈精神的集中体现。

一二八事变

到 1937 年秋，东北抗联发展到 3 万余人，开辟东南满、吉东、北满三大游击区，扩大到东北 70 多个县境内。艰难地同日伪军进行数千次战斗，歼敌 1 万余人，鼓舞和推动了全国的抗日救亡运动。

四

日本在侵占东北的同时，又在 1932 年 1 月 28 日，对中国最大的沿海城市上海发起突然进攻，制造了震惊中外的“一二八”事变。

事变爆发后，以蒋光鼐为总指挥、蔡廷锴为军长的中国国民革命军第十九路军奋起抗击。防守市区的中国军队打退由横浜路、虬江路、宝山路进攻的日军，29日夺回天通庵车站和上海北站。

经过一个月的艰苦奋战，中国军队连续击退日军3次进攻，迫使日军3次易帅，数次增兵。一直孤军抗敌的十九路军，迎来了张治中所率的第五军的增援，士气大振。

因日本不断增兵，中国军队腹背受敌且孤立无援，被迫撤出战场。3月2日，日军占领上海。5月5日中日签订《淞沪停战协定》。

五

1935年3月，德国公开宣布扩军，废除《凡尔赛和约》限制德国军备的条款。在对外扩张的过程中，德国和意大利于1936年10月24日签订了《柏林协定》。

抗日战争纪念馆

历史链接

伪满洲国

时间从1932年3月1日至1945年8月18日，是日本占领中国东北三省后，所扶植的一个傀儡伪政权。因国民政府和中共及国际社会对伪满政权均不予承认，故被称作“伪满洲国”或“伪满”。“首都”设于新京（今吉林长春），“领土”包括现今中国辽宁、吉林和黑龙江三省全境（不含“关东州”，即旅大），以及内蒙古东部、河北省承德市。

“伪满洲国”初期为“共和”体制，不久后以溥仪为“元首”，初期称号为“执政”，年号“大同”，溥仪后称“皇帝”，年号“康德”。1945年日本战败；同年的8月17日午夜至18日凌晨，溥仪在通化临江县（今属白山市）大栗子沟矿山株式会社技工培养所内举行“退位仪式”，宣读“退位诏书”，伪满灭亡。

希特勒在欧洲有了盟友，但这还不够，他还需要在东方有一个牵制苏联和英美的盟友，构成法西斯同盟的另一翼。

这个盟友就是日本。

1937年11月，德、意、日三国代表在罗马签订《关于意大利加入反共产国际协定的议定书》。柏林—罗马—东京法西斯集团轴心国正式形成。

六

从1934年10月起，南方各革命根据地红军主力正向北方进行战略大转移——万里长征。

1935年8月，中国共产党发表著名的《八一宣言》，提出“抗日救国”，呼吁中国各党派、各种武装团结起来，将挽救中华民族的危亡置于首要任务。

美国进步作家埃德加·斯诺在《西行漫记》中写道：“共产党人相

信，他们是在向抗日前线进军。”

革命大本营奠基西北。毛泽东说，陕北是红军长征的落脚点，是抗日战争的出发点。

1935 年 12 月 9 日，著名的“一二九”抗日救亡运动爆发了。

这场被毛泽东称为“抗战动员的运动”，准备了抗战的思想、准备了抗战的人心、准备了抗战的干部。

1935 年 12 月 17 日至 25 日，中共中央在陕北瓦窑堡召开政治局扩大会议。

1936 年 7 月，美国记者埃德加·斯诺和美国医生乔治·海德姆来到陕北，他访问了毛泽东、周恩来、朱德、彭德怀等许多红军将领。

七律·长征

毛泽东　著

红军不怕远征难，万水千山只等闲。
五岭逶迤腾细浪，乌蒙磅礴走泥丸。
金沙水拍云崖暖，大渡桥横铁索寒。
更喜岷山千里雪，三军过后尽开颜。

“一二九”游行

历史链接

万里长征

万里长征：1934 年 10 月，中央红军主力离开中央革命根据地开始长征。同年 11 月和次年 5 月，鄂豫皖革命根据地的红二十五军和川陕革命根据地的红四方面军分别离开原有根据地开始长征。1935 年 11 月，湘鄂川黔革命根据地的红二、红六军团也离开根据地开始长征。1936 年 7 月，第二、第六军团组成第二方面军。10 月，红军一、二、四方面军在甘肃会宁和静宁以北将台堡会师，结束了长征。其中红一方面军长征历时一年，转战 14 个省，行程约二万五千里。长征的胜利表明中国共产党和中国工农红军是一股不可战胜的力量。

在一年中，红军长征转战 14 个省，历经曲折，战胜了重重艰难险阻，保存和锻炼了革命的基干力量，将中国革命的大本营转移到了西北，为开展抗日战争和发展中国革命事业创造了条件。

众所周知，从 1934 年开始到 1936 年结束的长征，是人类历史上的奇迹。在整整两年的时间里面，红军辗转 14 个省，突破几十万敌军的包围封锁，唱响战略转移的凯歌，是人类近现代战争史上，凡人谱写的英雄史诗。

在和斯诺的谈话中，毛泽东这样描述现阶段的工作：中国共产党正努力在中国建立一个民族统一联合阵线，邀请真心抗日的各党、各派、各军来参加民族解放的伟大事业。

中国社会各界，包括国民党内爱国人士，开始集合在抗日民族统一战线的旗帜下，以各种形式呼吁国民党政府改变对日政策。

宋庆龄先后发起成立国民御侮自救会、中华民族武装自卫委员会，并担任“世界反对帝国主义战争委员会”名誉主席。

沈钧儒、邹韬奋、史良等在上海成立全国各界救国联合会，强烈

延安

呼吁在全国范围内停止内战、一致抗战，并为此四处奔走。结果，被国民党警方逮捕，舆论则尊称他们为“七君子”。

1936 年 11 月，从西北传来了绥远省主席兼第三十五军军长傅作义在绥远率部三战三捷的消息。

中国共产党的抗日民族统一战线政策，得到全国人民的拥护，推动了抗日救国运动的发展，也促进了国民党内部的分化。

人物

埃德加·斯诺

埃德加·斯诺(1905—1972)，美国著名记者。他于 1928 年来华，曾任欧美几家报社驻华记者、通讯员。1933 年 4 月到 1935 年 6 月，斯诺同时兼任北平燕京大学新闻系讲师。1936 年 6 月，斯诺访问陕甘宁边区，写了大量通讯报道，成为第一个采访红区的西方记者。全国抗战爆发后，又任《每日先驱报》和美国《星期六晚邮报》驻华战地记者。1942 年去中亚和苏联前线采访，离开中国。

新中国成立后，曾三次来华访问，并与毛泽东主席见面。

1972 年 2 月 15 日因病在瑞士日内瓦逝世。遵照其遗愿，其一部分骨灰葬在中国，地点在北京大学未名湖畔。

七

1936 年 12 月 12 日，震惊中外的西安事变爆发。

张学良、杨虎诚立即通电全国，提出抗日救国八项主张，并致电陕北的中共中央，请派代表前来共商抗日救国大计。中国共产党以民族大义为重，正确审视形势，确定了和平解决西安事变的方针，并派周恩来作为全权代表与南京政府代表进行谈判，为事变的和平解决做了大量卓有成效的工作。蒋介石在口头承诺“停止‘剿共’政策、联合红军抗日”等六项条件后，由张学良护送返回南京。

西安事变的和平解决是时局转换的关键，成为中国从长期内战走向全民族抗日战争的转折点。

从此，十年内战的局面基本结束，国内和平初步实现。在共同抗日的前提下，国共两党实行第二次合作成为不可抗拒的大势。

【采访英国中国研究学会名誉秘书长托比·林肯】

不同国家的人民是在不同的时刻感受到这场战争的。美国人认为战争始于1941年太平洋战争爆发，英国人认为是1939年。无论英国

瓦窑堡

18

可爱的中国（节选）

方志敏

不错，目前的中国，固然是江山破碎，国弊民穷，但谁能断言，中国没有一个光明的前途呢？不，决不会的，我们相信，中国一定有个可赞美的光明前途。中国民族在很早以前，就造起了一座万里长城和开凿了几千里的运河，这就证明中国民族伟大无比的创造力！中国在战斗之中一旦斩去了帝国主义的锁链，肃清自己阵线内的汉奸卖国贼，得到了自由与解放，这种创造力，将会无限地发挥出来。到那时，中国的面貌将会被我们改造一新。所有贫穷和灾荒，混乱和仇杀，饥饿和寒冷，疾病和瘟疫，迷信和愚昧，以及那慢性的杀灭中国民族的鸦片毒物，这些等等都是帝国主义带给我们可憎的赠品，将来也要随着帝国主义的赶走而离去中国了。朋友，我相信，到那时，到处都是活跃的创造，到处都是日新月异的进步，欢歌将代替了悲叹，笑脸将代替了哭脸，富裕将代替了贫穷，康健将代替了疾病，智慧将代替了愚昧，友爱将代替了仇恨，生之快乐将代替了死之忧伤，明媚的花园将代替了暗淡的荒地！这时，我们民族就可以无愧色的立在人类的面前，而生育我们的母亲，也会最美丽地装饰起来，与世界上各位母亲平等的携手了……

啊！我虽然不能实际的为中国奋斗，为中国民族奋斗，但我的心总是日夜祷祝着中国民族在帝国主义羁绊之下解放出来之早日成功！假如我还能生存，那我生存一天就要为中国呼喊一天；假如我不能生存——死了，我流血的地方，或者我瘗骨的地方，或许会长出一朵可爱的花来，这朵花你们就看做是我的精诚的寄托吧！在微风的吹拂中，如果那朵花是上下点头，那就可视为我对于为中国民族解放奋斗的爱国志士们在致以热诚的敬礼；如果那朵花是左右摇摆，那就可视为我在提劲儿唱着革命之歌，鼓励战士们前进啦！

亲爱的朋友们，不要悲观，不要畏馁，要奋斗！要持久的艰苦的奋斗！把各人所有的智慧才能，都提供于民族的拯救吧！无论如何，我们决不能让伟大的可爱的中国，灭亡于帝国主义的肮脏的手里！

你们挚诚的祥松

还是美国，我们都承认中国人民在抵御日本侵略者中所作出的努力和牺牲，这个时间的开端当然是1931年。

面对强大而凶残的日本法西斯，在这片饱经沧桑的土地上，各种政治力量在中国共产党倡导的抗日民族统一战线的大旗下集结。内战

历史链接

救国七君子

“九一八”事件发生后，国民党当时并没有极力抵抗，随后中国各地掀起了抗日救国运动的浪潮。1936 年 5 月 31 日，马相伯、宋庆龄、何香凝、沈钧儒、章乃器等人在上海宣布成立全国各界救国联合会。南京国民政府于 1936 年 11 月 23 日上午，以“危害民国”罪在上海逮捕了救国会领导人沈钧儒、章乃器、邹韬奋、史良、李公朴、王造时、沙千里等 7 位救国会的领导人。移送苏州江苏省高等法院羁押。由于 7 人都具有专业的社会地位，因此这次事件被称为“七君子事件”。

的停止让中华民族开始团结在一起，准备奔赴全面抗击日本法西斯入侵的东方主战场。

历史链接

国民党五届三中全会

1937 年 2 月 10 日，为了实现国共两党合作抗日，中共中央致电中国国民党，提出停止内战、实行民主自由、召开各党派会议、迅速准备抗日和改善人民生活等五项要求；坚持三民主义、停止武装暴动和赤化运动、苏维埃政府改为中华民国特区政府、红军改编为国民革命军等四项保证会。会上，宋庆龄等人联名提出《恢复孙中山先生手订联俄、联共、扶助农工三大政策案》；杨虎城等人提出了西安方面关于抗日救国 8 项议案；李宗仁等人提出保障言论自由、保护爱国运动、解放群众及加强救国运动案等。此次会议后，国民党基本确定了停止内战，实行国共合作的原则，标志着以第二次国共合作为基础的抗日民族统一战线的初步形成。

第二节

共赴国难

七七事变是中国全民族抗战的开端，由此开辟了世界反法西斯战争的东方主战场。面对日本法西斯的侵略，中国共产党捐弃前嫌，积极倡导、建立、形成了以国共合作为基础的抗日民族统一战线，中国开辟了世界第一个大规模反法西斯战争东方主战场。在战略防御阶段，面对军事上敌强我弱，日本侵略军推进迅速，中国人民遭受空前损失的危难局面，中华民族在中国共产党倡导建立的抗日民族统一战线旗帜下，团结御侮、共赴国难，顽强抗击日本侵略者，一举粉碎了日本“三个月灭亡中国”的企图。

1931年九一八事变后，日本帝国主义加快了侵略中国的步伐。

日本军方制订了《1935年度对华作战计划》、1936年日本政府制订了《国防方针》和《用兵纲领》、日本中国驻屯军司令部制订了《1936年度华北占领地区统治计划书》，这些机密文件显示其早就确定了侵占全中国的全盘战略。

历史链接

抗日救国十大纲领

1937年全国抗战爆发后，8月22日至25日中国共产党在洛川会议召开中央政治局扩大会议。在会议上由毛泽东提议并通过。

内容为：

（1）打倒日本帝国主义；

（2）全国军事总动员；

（3）全国人民总动员；

（4）改革政治机构；

（5）实行抗日的外交政策；

（6）实行为战时服务的财政经济政策；

（7）改良人民生活；

（8）实行抗日的教育政策；

（9）肃清汉奸卖国贼亲日派，巩固后方；

（10）实现抗日的民族团结。

这个纲领全面地概括了中共在抗日战争时期的基本政治主张。它全面地概括了中国共产党在抗日战争时期的基本政治主张，是共产党全面抗战路线和人民战争路线的具体化，给全国人民指明了争取抗战最后胜利的道路。这也是中国共产党历史上第一次提出建立廉洁政府的施政纲领，这对于中国共产党的廉洁政治具有重要的意义。

1937年初，在中国的版图上，日本军事力量的存在令人触目惊心。东北盘踞着日军关东军，平津河北地区驻扎着日军中国驻屯军，在上海，日本海军陆战队耀武扬威，青岛、汉口等重要区域也有它的军事力量。日本海军在中国内河和近海停泊、游弋。

北平处境凶险，它的周围分布着近万人的日本中国驻屯军，北面的热河集结有日本关东军，东面有日本扶植的“冀东防共自治政府”的伪保安队1.7万余人，西北面的察哈尔有伪蒙军约4万人。

日本对华的全面战争已准备就绪。

一

1937年7月7日，日军借口一个士兵失踪，要求进城搜查，被拒绝后，突然炮击宛平城，向中国守军发起进攻。

第29军37师219团3营官兵果断还击。第29军军部命令：“卢沟桥即尔等之坟墓，应与桥共存亡，不得后退。”

日本侵略者挑起七七事变，悍然发动全面侵华战争，中华民族为

卢沟桥

宛平城

之愤怒，全世界为之震惊。

七七事变成为中国全民族抗战的开端，世界反法西斯的枪声率先在中国全面打响，由此开辟了世界反法西斯战争的东方主战场。

民族危亡之际，中国共产党以中华民族存亡为己任，积极动员全民族奋起抗日。

1937 年 9 月 6 日，八路军举行誓师大会，朱德宣读抗日誓词：

“日本帝国主义是中华民族的死敌，他要亡我国家，灭我种族，杀害我们父母兄弟，奸淫我们母亲姊妹，烧我们的庄稼房屋，毁我们的耕具牲口，为了民族，为了国家，为了同胞，为了子孙，我们只有抗战到底！”

不久，南方八省红军和游击队改编为国民革命军新编第四军。叶挺任军长，项英任副军长。

历史链接

八路军

国民革命军第八路军，后改称第十八集团军，仍简称八路军。它隶属于国民革命军编制序列，是由中国共产党领导和指挥下的人民抗日部队、中国人民解放军前身之一。

全国抗战爆发后，1937 年 8 月 22 日和 25 日，国民政府军事委员会和中共中央军委先后正式宣布，由中国工农红军一、二、四方面军和陕北红军改编而成“国民革命军第八路军”，朱德、彭德怀任正、副总指挥。

八路军与国民党军第二战区司令长官阎锡山部共同进行了太原会战后，挺近日本占领区即敌人心脏内发动游击战，开辟敌后抗日根据地，并于 1940 年发动百团大战。逐步发展为华北抗战的主力。至 1944 年 5 月，八路军对敌作战 7.4 万次，歼敌 15 万余人；至 1945 年 9 月，八路军与新四军、华南人民抗日武装共发展到约 132 万，此外有 268 万民兵。1946 年国共和谈破裂，同年 6 月全面内战爆发，直至 1948 年 9 月，中共中央军委发出通知，全军团以上各部队均冠以“中国人民解放军”字样。

毛泽东非常自豪地说“中国共产党和共产党所领导的八路军、新四军，是革命的队伍。我们这个队伍完全是为着解放人民的！”

二

1937 年 8 月 12 日，在上午 9 时的钟声中，上海各大学在闸北、江湾、吴淞等地举行新生考试，9 时 30 分，校方突然派人宣布停止考试，劝考生立即离开闸北等地，不可有片刻停留。

第二天，淞沪会战开始。

70 余万中国军队，陆陆续续调到了上海周围，除中央军外，桂军、川军、湘军、粤军、东北军……一支支来自全国各地的部队，与30万日本侵略军展开全面激战。

会战持续了三个多月，中国军队歼敌4万余人，己方伤亡高达25万余人。

1937年11月5日，日军在杭州湾的全公亭金山卫等地登陆。从侧后包抄上海守军。中国军队开始紧急撤退。

第88师524团团附谢晋元率部据守苏州河北岸的四行仓库。谢晋元率部仅有400多人。当时公共租界英军多次婉劝守军撤退，均遭拒绝，因而被称为敢死队，询问人数之时，为迷惑日军，谢晋元答复“八百人”。面对数十倍于己的日本军队，谢晋元部孤军奋战4昼夜，毙敌200余人，直至接到撤退命令，才退入英租界。自此“八百壮士”便名扬天下。他们的浴血坚守，让世界一夜之间知道了淞沪抗战中的孤岛——四行仓库。

淞沪抗战结束后，日军由上海向南京进攻。

历史链接

八百壮士

1937年8月13日，日军大举进攻上海（八一三事变）。战役进行到最后阶段，10月26日晚，守卫大场防线的中国军队第88师第524团400余人（报界宣传称“八百壮士”），在团附谢晋元指挥下，奉命据守苏州河北岸的四行仓库。在日军的重重包围下，守卫四行仓库的“八百壮士”孤军奋战4昼夜。战至30日，接到撤退命令后，他们冲出重围，退入英租界，困守孤军营。1941年，谢晋元被汪伪特务暗杀。同年12月，日军突入英租界，将困守在此手无寸铁的“八百壮士”余部俘获押走。部分人被遣送至巴布亚新几内亚的日军集中营。

历史链接

新四军

国民革命军陆军新编第四军，简称新四军。它隶属于国民革命军队编制序列，是中国共产党领导和指挥下的抗日部队、中国人民解放军前身之一。

1937 年全国抗战爆发后，中国共产党与国民党谈判达成协议，于 10 月将在江南八省 14 个地区的红军游击队改编为国民革命军陆军新编第四军。叶挺任军长，项英任副军长。

1941 年 1 月，皖南事变爆发，新四军军部及所属皖南部队大部被俘、失散或牺牲，军长叶挺谈判时被扣，副军长项英遇害。国民政府宣布“将国民革命军新编第四军番号即予撤销”。

中国共产党对此针锋相对，宣布重建军部，任命陈毅为新四军代理军长，刘少奇为政治委员，张云逸为副军长。重建后的新四军根据中共中央的指示继续活动在大江南北，开展抗日游击战争，坚持和巩固华中抗日根据地。

在八年抗日战争中，新四军抗击和牵制了 16 万日军，23 万伪军，作战 2.4 万余次，其中对日伪军作战 1.9 万余次，歼日伪军 47 万余人。新四军从最初的 1 万余人，发展到拥有主力 21.5 万余人，地方武装 9.7 万余人，民兵自卫队 96 万余人。

三

南京，别名“金陵”，位于长江下游 。日本军队在这里留下了人类历史上最野蛮、最血腥的一页。

日军暴露出恶魔般的残忍，对古城南京实施惨绝人寰的大屠杀，我 30 多万无辜同胞遇难。

南京大屠杀的累累白骨，无言地控诉着日寇在南京骇人听闻的暴行。

山西，地处黄土高原，它是屏障大西北的巨大要塞，又是俯瞰华北平原的天然堡垒，山西的得失关系到华北、西北的安危。

阎锡山调集部队，准备歼灭来犯之敌。然而判断上的反复犹豫，指挥上的举措失当，各派系军队之间的猜忌，导致推诿、避敌现象严重，不少官兵对打赢信心不足……

危急时刻，八路军开进山西，林彪、聂荣臻指挥的第115师日夜兼程，奔赴平型关方向，计划将由灵丘向平型关进攻的日军歼灭于峡谷之中。

115师以三个主力团埋伏在通向平型关公路的两侧山地，决心以伏击手段，歼灭进犯之敌，配合友军作战。

争夺战打得十分惨烈！被围日军拼死顽抗，双方兵力交织，前来支援的6架敌机既无法低空扫射，也无从投掷炸弹。此战，八路军以伤亡600余人的代价，击毙日军一千余人，缴获大批军事物资。

平型关战役

平型关烈士雕像群

平型关大捷不仅是八路军首战的胜利，更是全国抗战两个多月以来的第一次胜利，打破了日军不可战胜的神话，鼓舞了全国军民战胜强敌的信心。

四

忻口自古以来为兵家必争之地。中国军队退出内长城防线之后，这里成为太原的最后一道防线。但此地无崇山峻岭可资利用，只不过是一座几十米高的土丘。

就在这无险可守的地带，中国军人用10万血肉之躯，迫使日军的攻势陷于停顿，时间长达21天。

台儿庄，是南下徐州的最后一道屏障。

战前，蒋介石特派副参谋总长白崇禧带临时参谋团，到徐州协助李宗仁指挥作战。白崇禧临行前，特邀中共代表周恩来、叶剑英，商讨作战方针和双方配合作战方案。

【采访军事科学院副研究员张从田】

周恩来向他（白崇禧）建议，为了打破日军在津浦铁路的南北对进，在津浦铁路南段由李品仙、廖磊两个集团军，在新四军第四支队的协助下，采取以运动战为主，游击战为辅的联合作战行动。运动于广阔的淮河流域，以使津浦铁路南段的日军时时受到威胁，不敢贸然北上，而在津浦铁路北段，则以主力采取以阵地战与运动战相结合的这样一种作战方针，守点待援，从而使日军受到严重的威胁，达到各个击破的目的。

台儿庄火车站

歌曲《在太行山上》

歌词：
红日照遍了东方，
自由之神在纵情歌唱！
看吧！
千山万壑，铁壁铜墙！
抗日的烽火，燃烧在太行山上！
气焰千万丈！
听吧！
母亲叫儿打东洋，妻子送郎上战场。
我们在太行山上，我们在太行山上；
山高林又密，兵强马又壮！
敌人从哪里进攻，我们就要它在哪里灭亡！
敌人从哪里进攻，我们就要它在哪里灭亡！

背景：
《在太行山上》，抗战老歌，桂涛声词，冼星海曲。1938 年 7 月，由张曙、林路、赵启海等在武汉纪念抗战一周年歌咏大会上唱出，迅速传遍大后方及各敌后抗日根据地。

4 月 3 日，中国军队向台儿庄之敌发起总攻，战至 7 日凌晨，中国军队以伤亡 7500 人的代价，取得歼敌 1 万 1 千余人的战果，成为全国抗战以来最大的胜利。

【采访军事科学院研究员贺新城】

朱德接受国民政府军事委员会的委任，出任第二战区副司令长官，并且仍然兼第十八集团军总司令，同时指挥八路军 115 师、129 师以及国民党在晋东南的几个军。1938 年 3 月，东路军一次会议上，八路军的将领和东路军指挥的其他国民党军队将领召开了一次军事会议，其中一个议题就是由八路军向国民党友军介绍在敌后怎么开展运动战、游击战。正好这个时候，第 129 师准备在响堂铺地区打一次伏击战，所以朱德总司令就邀请与会的国民党军将领，组成观摩团，现场观摩八路军是怎么打游击战的。1938 年 3 月 31 日上午，当日军第 14 师团所属的两个汽车中队进入伏击圈之后，129 师副师长徐向前下令战斗开始，八路军只用两个小时干脆利索地结束了战斗。日军 180 多辆汽车被毁，伤亡 170 多人。

左一为朱德、左二为彭德怀

经过响堂铺大捷，国民党军队将领信心大增，纷纷留在山西作战。

日军对西北的威胁被遏制，山西和陕西交界的黄河成为对峙的分界线，直到抗战结束，日本军队再也没有能够越雷池一步。

1937 年 10 月八路军深入敌后，创建敌后抗日根据地，开辟敌后战场，组织起来的人民群众是真正的铜墙铁壁，是对抗日本侵略者最重要的力量。

五

占领徐州后，为了给中国致命一击，日本决定发起武汉作战。

这时，中国国民政府已经制定了“武汉保卫战”的方针：“保卫武汉之最重要意义，不仅在保卫武汉城市本身，而在掩护东南及中部人力物力，向西南西北转移，以建立长期抗战基础。”

中国共产党也早已明确提出了保卫武汉的任务，派遣周恩来、董必武、叶剑英、博古、邓颖超等一批领导干部前往武汉，以加强统一战线，动员组织各界民众抗战，配合进行武汉保卫战。

武汉会战中共歼敌3000余人，使其遭受歼灭性打击。

武汉会战期间，中国空军和海军也积极参与了作战。在苏联航空志愿大队的配合下，中国空军鏖战长空，与日军航空兵空中大战7次，击毁日机78架，炸沉日舰23艘，有力地支援了地面部队的作战。中国海军在长江上也进行了激烈战斗，在沿江要塞布置水雷，设置海岸炮，并击沉日舰多艘，迟滞了日舰沿江进攻的势头 。

回望中国抗战战略防御阶段的战争局势，人们能够发现一个奇特的现象。当正面战场上的中国军队由东往西且战且退，以保存有生力量之时，八路军、新四军勇敢东进，深入敌后，先在山岳地带站稳脚跟，继而向东部平原地带进发。这种迎敌而上开辟敌后战场的坚定决心和英雄气概，成为东方主战场的特色与壮举。

第三节

浴血坚持

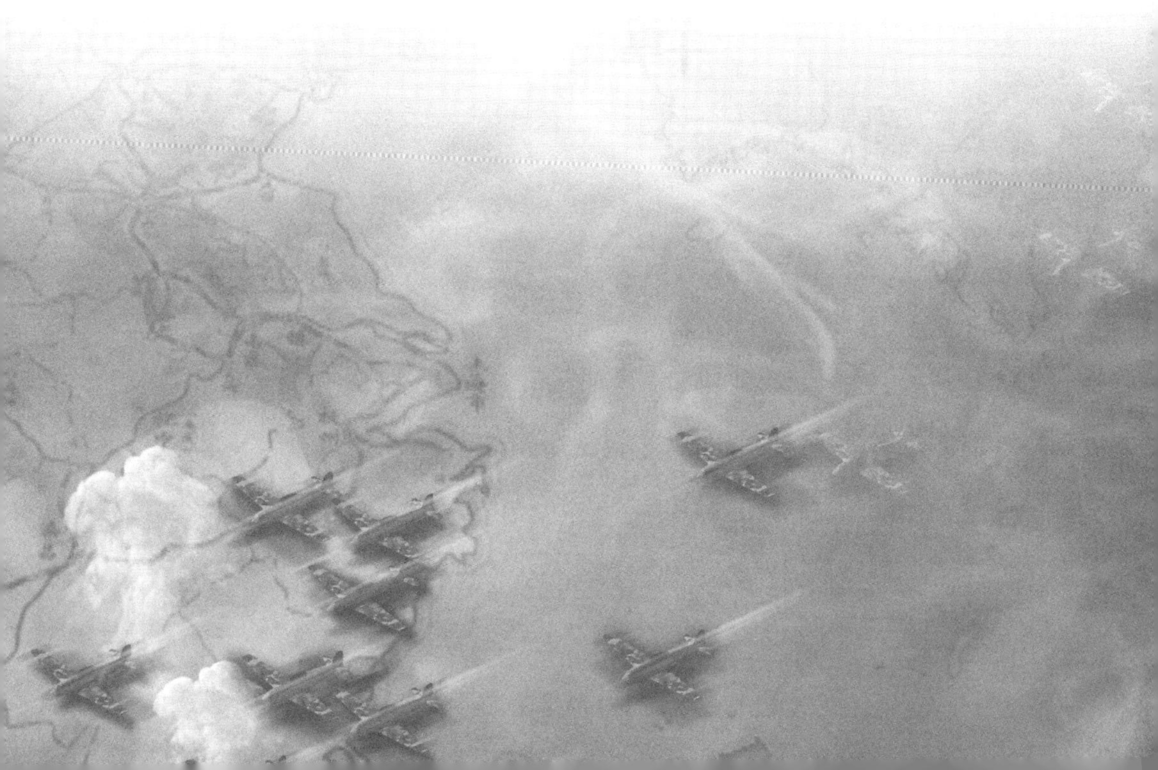

“二战”在欧洲爆发后，日本与德、意、法西斯国家结成军事同盟，是全世界共同的敌人。相对于当时欧洲国家的一触即溃，中国人民则在毛泽东《论持久战》思想的指导下，在抗日民族统一战线的旗帜下，团结一心，坚持抗战不投降。国民党正面战场和中国共产党领导开辟的敌后战场协力合作，形成了共同抗击日本侵略者的战略局面，极大地支援了处于低迷时期的世界反法西斯战场。

一

1938年5月19日，徐州失守，战局走向混沌迷离。亡国论者认为中国不可能取胜，速胜论者却认为日军已是强弩之末。

在延安简陋的窑洞里，毛泽东废寝忘食，写成5万余字的《论持久战》。5月26日，他以持久战为题，在延安抗日战争研究会发表演讲。演讲持续到6月3日。他告诉读者："中国会亡吗？答复：不会亡，最后胜利是中国的。中国能够速胜吗？答复：不能速胜，抗日战争是持久战。"邵洵美，新月派诗人，主动将《论持久战》片段在英文杂志《Candid Comment》连载发表。

"坚持抗战，坚持统一战线，坚持持久战，最后胜利必然是中国的。"简明扼要的25个字，便提炼出《论持久战》的精髓。毛泽东判断的依据来自中日双方四个基本

人物

邵洵美

邵洵美（1906—1968），祖籍浙江余姚，出生于上海，出身官宦世家。新月派诗人、散文家、出版家、翻译家。1923年初毕业于上海南洋路矿学校，同年东赴欧洲留学。入英国剑桥大学攻读英国文学。1927年回国，与盛佩玉结婚。1928年开办金屋书店，并出版《金屋月刊》。1930年11月"国际笔会中国分会"成立，当选为理事，并任会计，1933年编辑《十日谈》杂志，并发表第一篇小说名为《贵族区》。1934年编辑《人言》杂志。1936年3月至1937年8月主持《论语》半月刊编务。晚年从事外国文学翻译工作，译有马克·吐温、雪莱、泰戈尔等人的作品。

特点："敌强我弱，敌小我大，敌退步我进步，敌寡助我多助。"

攻占武汉被东京当作是结束对华战争的最后一战。毛泽东则预言武汉失守后，战略态势反而开始有利于中国。

当日军如愿占领了武汉，日本天皇担心的"帝国雄师百万受制于中国"的局面却出现了，日本侵略者已陷入亚洲大陆的泥潭，不得不大幅度调整战略，准备长期战争。

二

1939年初，中日军队百万大军，围绕洛阳、襄阳、长沙一线，形成对峙的僵局。这种局面的形成离不开敌后战场的逐步崛起。

打开地图，可以发现共产党武装最初创建的几个敌后根据地就建在日军对华占领区的统治中心附近。八路军创建的晋察冀根据地离北平不到300公里，新四军建立的茅山根据地离南京更不到100公里。

敌后抗日根据地与日军占领区形成犬牙交错的状况。对此，大洋彼岸的美国军官卡尔逊极为关注。

1937年12月底，带着美国总统罗斯福的意图，卡尔逊抵达晋察冀交界的五台山，见到了八路军晋察冀军区司令员聂荣臻，谈到深夜。卡尔逊说："我参加过第一次世界大战，那无非是蹲在战壕里打枪打炮，你打过来，我打过去。我们这些士兵都像机器人一样，根本不动脑子，枯燥得很。你们这种搞法，实在有味道，很有斗争艺术，一面打仗，一面考虑许多问题，不单着眼于军事，还搞政治、搞经济、搞文化，这是我从来没见过，也是从来没有听说过的。”

历史链接

晋察冀抗日根据地

晋察冀抗日根据地是中国共产党在抗日战争时期于敌后开创的第一个抗日根据地，也是当时各敌后根据地建设的模范。地处同蒲路以东，正太、石德路以北，张家 口、多伦、宁城、锦州一线以南，东临渤海，以山西东北部和河北的冀中、冀东为主，包括察哈尔、热河、辽宁三省的一部，行政上划分为北岳、冀中、冀察、冀热 辽四个区。区内除冀中大平原外，大多是山岳地带。

1938 年 5 月，毛泽东写出了《抗日游击战争的战略问题》。他指出，游击战是中国持久抗战的利器，克敌制胜的法宝。

随着八路军在山西等山地建立敌后根据地，毛泽东又作出了一个大胆的决策：从山区向华北平原发展。平原一马平川，连藏身的地方都没有，对从红军时代就习惯山地作战的八路军来说，是一次全新的挑战。

1938 年 12 月，罗荣桓率 115 师主力由晋西南向山东平原挺进。

贺龙率 120 师主力东进冀中平原。

刘伯承率 129 师主力进入冀南、冀鲁豫等平原地区。

陈毅率新四军江南部队主力，分兵东进北上，造成了跨越长江两岸的有利态势。

1939 年冬至 1940 年夏，新四军主力北上，八路军一部南下，合力开辟苏北抗日根据地。

从贫瘠的内陆山地挺进富庶的沿海平原，八路军和新四军迅速和当地人民建立血肉联系，在广袤的华北、华中大地扎下了深厚的根基。

三

1939 年 9 月 1 日拂晓 4 时 45 分，密集的炮弹掠过埋伏在德波边境的德军一线部队的头顶，直飞波兰境内。德军 56 个师共计 150 万人，从西、南、北三路向波兰全线发起攻击。

在德军闪电般的迅猛攻势下，不到一个月的时间，波兰沦陷。

1940 年 5 月 10 日，德军在西线发起战争，进攻荷兰、比利时、卢森堡和法国。

新墙河

不屈不挠的英国人民，在丘吉尔的领导下，顶住了德国的空中打击，致使德国登陆入侵英国的“海狮计划”破产。

1939 年 9 月 至 10 月，中国军队进行了第一次长沙会战。

1939 年 至 1944 年，日军 4 次进攻长沙，新墙河，都是它由北向南推进时，必须面对的第一道防线。

最终，中国军队相继收复长沙等地。其中，也包括浸透了中国将士鲜血的新墙河一带。

与正面战场相呼应，活跃在敌后战场的八路军，不失时机地给日军以重大打击。

历史链接

海狮计划

海狮计划是第二次世界大战中德军对英国作战的计划。“二战”开始不久，纳粹德国的目光就盯上了英伦三岛。为尽快征服英国，纳粹头子希特勒亲自拟定了名为“海狮”的行动计划。但是，充当“先锋官”的德军战机飞临英国上空的时候，等待它们的却是一场以弱胜强的空中“游击战”。最终德军的海狮计划失利，使得英国得以保存军事上的优势，而后继续同德国抗争，把德军拖入了致命的长期持久战，最后成为英美反攻欧洲大陆的跳板，使德军陷入了两线作战的困境。希特勒发动战争来首次遭遇失败，德国的空军遭受重创。

1940 年 9 月 17 日，希特勒无奈地宣布：推迟“海狮计划”。到 1941 年 7 月，希特勒宣布将"海狮计划"推迟到 1942 年春季，因为到那时“对苏联的战争就结束了”，1942 年 2 月 13 日，希特勒终于同意完全搁置“海狮计划”，“海狮计划”破产。

1939 年 10 月下旬，日军发动对华北山区抗日根据地的大“扫荡”。

11 月 4 日凌晨，晋察冀军区第 1 军分区司令员杨成武接到情报，坐镇张家口的日军独立混成第 2 旅团旅团长阿部规秀率主力 1500 余人前来进行报复性“扫荡”，以报四天前部下吃败仗的一箭之仇。

八路军炮兵发现小院中有日本军官活动，随着一声令下，4 发炮弹呼啸而出，直冲小院飞去。

爆炸声中，阿部规秀腹部和双腿被炸，数小时后毙命。

【采访击毙阿部规秀目击者陈汉文（81 岁）】

那一响，狼土咆烟的，这上面掉下来的泥皮也不少，那时候他往后一仰，我心想你这回坏了，肯定打着你了，你不仰还行，窟嗵一仰倒到这了。

阿部规秀成为八路军击毙的日军第一个中将指挥官。

黄土岭之战，八路军以伤亡 540 人的代价，共歼灭日军 900 余人，缴获 5 门大炮和数百支长短枪。

四

驻守昆仑关

1938年10月底，日军占领广州后，国外援华物资进入中国主要有三条运输线：西北国际交通线、滇缅国际交通线，桂越国际交通线。其中，桂越国际交通线最为便捷，援华物资多半由此进入中国。

1939年11月15日，日军派出其第5师团等大批步兵、骑兵和海军陆战队，在钦州湾防城县附近强行登陆，以切断桂越国际交通运输线。九天后，日军攻陷南宁。

昆仑关，曾经的古战场，抗战中见证了一场著名的攻坚硬仗。

与第5师团交手的第5军，是中国当时唯一的一支机械化军。他们的任务是，夺回昆仑关。

【采访原第5军抗战老兵王光亚（102岁）】

敌人的工事很坚固，两方面有两个机枪碉堡。交叉的火力，使我们步兵攻击不上（去），牺牲了好多人。我深夜带着一帮步兵，带着手榴弹、炸药、爆破筒等爆破器材，摸到敌人的碉堡后头，到了以后趁敌人不备，我们就把手榴弹丢进了敌人的碉堡里面去，结果日本鬼子非常狡猾，趁着手榴弹没有爆炸的时候，他又把它扔出来。结果我们只好另外采取用炸药包，一捆一捆地捆到一起，再次丢进去，轰隆一响，碉堡、机枪、鬼子一下冲上西天。

12 月 31 日，第 5 军军长杜聿明下令发起总攻。当天中午 11 时，中国军队成功收复昆仑关。

中国军队以伤亡 16000 余人的沉重代价，击毙日军 4000 余人，俘虏日军 102 人，击伤日军数千人。

五

为彻底摧毁华北各抗日根据地，日军开始推行所谓的“囚笼政策”。逐渐包围压缩抗日根据地。

到1940年夏，日军在华北建立了3000余个据点、1万多个碉堡、5000余公里铁路、3万余公里公路。

1940年8月，八路军动用105个团围绕正太路展开了百团大战。

1940年8月20日夜，百团大战首先从这里打响！

晋察冀军区所属15个团的兵力，同时扑向正太路沿线各个站点。

一时间，日军被打蒙了，电话线又被切断，指挥部不知

历史链接

百团大战

百团大战是中国抗日战争时期，中国共产党领导下的八路军与日军在中国华北地区发生的一次规模最大、持续时间最长的战略性进攻战役。八路军的晋察冀军区、129师、第120师在总部统一指挥下，在河北、山西发动了以破袭正太铁路（石家庄至太原）为重点的战役。战役发起第3天，八路军参战部队已达105个团，史称此为“百团大战”。

在这次战役中，中国共产党领导的华北敌后抗日军民，齐心协力，前仆后继，同日本侵略者浴血奋战，充分表现了中华民族不屈不挠的战斗精神。百团大战严重地破坏了日军在华北的主要交通线，收复了被日军占领的部分地区，粉碎了日军的“囚笼政策”，给了侵华日军以强有力的打击，推迟了日军的南进步伐。百团大战对坚持抗战、遏制当时国民党妥协投降暗流、争取时局好转起了积极作用，进一步鼓舞和增强了全国人民夺取抗战胜利的信心，用事实驳斥了国民党顽固派对共产党、八路军“游而不击”的诬蔑，提高了中国共产党和八路军的声威。

道前线发生了什么事，就听到枪响。日军华北方面军司令官多田骏下令派飞机去侦察，才发现整个正太铁路沿线，全是中国军民。

百团大战中，贺龙率领的第 120 师受领的作战任务是破袭平遥以北同蒲线及汾离公路。

八路军将士们还一举拿下有“万里长城第九关”之称的娘子关，骄傲地将旗帜插在娘子关上，标志着百团大战第一阶段——正太铁路交通破袭战取得了胜利。

在百团大战第二阶段作战中，东团堡战斗打得最为激烈。

担负攻坚任务的是晋察冀军区第 1 分区 3 团，源自一支善打恶战的红军劲旅，称为老三团。

【采访东团堡乡汤子岭村村民张秀珍（89 岁）】

三天三夜呀，三天三夜打得它剩下不多了，子弹也没了，什么也没了，他们把那房点着了，都跑到里头被烧死了。

老三团的将士们浴血奋战三昼夜，全歼驻守的日军独立混成旅团士官教导大队百余人。

1940 年 10 月 30 日，日军冈崎大队 500 余人窜进太行山深处的黄崖洞兵工厂一带，逼近八路军总部。彭德怀下令消灭它。日军退缩到关家垴高地，高地三面断崖，易守难攻。

百团破袭

关家垴之战非常惨烈，500 多日军伤亡大半，剩下的仓皇而逃，而八路军也付出重大牺牲。

【采访八路军 129 师抗战老兵刘振魁（93 岁）】

这一次战斗虽然没有彻底完胜敌人，可是日本人死得相当多。那时候我亲自跟着刘伯承，我把那死人的坟堆数了数，那一个坟堆里埋着最少 10 个人，死得相当多。

在河北省石家庄市井陉矿区，有一块纪念石。立下这块纪念石的是远在日本宫崎县都城市的美穗子女士。

【采访日本遗孤美穗子】

当时我以为他们是敌人，后来知道他们是我的救命恩人。是将军重新给了我生命，才有了我现在。是中国人民救了日本人民，因为有了他们才有了我们的现在。非常感谢！

百团大战雕塑

美穗子所说的事发生在75年前百团大战时。晋察冀军区3团1个营攻击井陉新矿区时，发现4岁的美穗子和妹妹已是无人照顾的孤儿，就派人护送到了晋察冀军区司令部。聂荣臻悉心照料，并设法将两个孩子送还日方。

如今年近八旬的美穗子，对来之不易的平静生活充满了感恩与祈愿。她期待中日保持友好关系，为了后代能继续过上和平的日子。

1941年1月24日，百团大战宣告胜利结束。

百团大战，是八路军在日军华北战略腹地发动的一次规模最大、持续时间最长的战略性进攻战役，攻势覆盖了除山东以外的整个华北地区的主要交通线，迟滞了日本法西斯南进的计划，把恢复华北的“治安”作为当务之急。百团大战展现了共产党敌后武装力量的强大，振奋了全国抗战的信心。日军开始集结重兵对付八路军新四军。敌后军民抗击了58%至62%的侵华日军和几乎全部伪军。

敌后战场已上升为抗日战争主战场。

第四节

艰苦卓绝

在整个抗日战争中，中国共产党发挥了中流砥柱作用。特别是在战略相持阶段，这个抗日战争最艰难的时期，中国共产党坚定不移地担当起历史重任，坚持抗战，反对投降，坚持团结，反对分裂，不怕困难，不怕牺牲，始终坚持全面抗战路线，制定正确的战略战术与日本侵略者战斗。八路军、新四军深入敌后，广泛开展敌后游击战，顽强抵抗日军重兵“大扫荡”，迫使日军将三分之二的兵力投入其后方战场，敌后战场发展为中国抗日战争的主战场。中国共产党坚持抗战不妥协，使中国这个世界反法西斯战争东方主战场得以坚持到最后胜利。

大连鲁迅路 9 号，坐落着一栋欧式百年建筑，这里曾是当年日本殖民中国东北的满铁总部。日本帝国时期的对外侵略计划，大都依赖于它的情报机构——满铁调查部。

1940 年 3 月，满铁调查部给出了明确结论：“中国抗战力的据点在农村”，“对日作战的战力中心是中国共产党组织的民众力量”。

一

1941 年至 1942 年，是世界法西斯最猖獗，中国抗战最艰难的时期。

1941 年 6 月 22 日，德国入侵苏联，苏德战争爆发。

1941 年 12 月 8 日，日本偷袭珍珠港，太平洋战争爆发。

此时的中国，大片国土已沦陷，日本把在中国占领区变成太平洋战争后方基地的图谋，使中国共产党领导的敌后战场地位变得尤为重要。

日军集中约三分之二的侵华兵力和百分之九十的伪军，实施烧光、杀光和抢光“三光政策”，对抗日根据地进行了最为残酷的报复、“扫荡”与围困。

延安，中国抗战的灯塔，敌后抗战的指挥中枢，一直是日军试图摧毁的目标。抗战期间，延安遭日机轰炸 17 次，落弹 1690 枚。延安城内建筑基本被炸毁，仅中共中央机关就损失房屋一千多间。

1941 年 1 月 25 日，近六千日伪军把河北省丰润县潘家峪紧紧包围，

历史链接

太平洋战争

太平洋战争（英语：Pacific War，日语：太平洋战争、大东亚战争）是第二次世界大战中以日本帝国为首的轴心国和以英美国为首的同盟国于1941年12月8日至1945年9月2日期间进行的战争，是第二次世界大战的一部分，主要以太平洋和周围国家为战场。由日本和美国等同盟国家交战，战争爆发自1941年的珍珠港事件，日本空袭美国太平洋基地，美国对日宣战后，与日本交战多年的中国也跟着宣战，纳粹德国和意大利王国也对美宣战，欧亚两大战场合一。直到1945年日本宣布无条件投降。

太平洋战争参战国家多达37个，涉及人口超过15亿，交战双方动员兵力在6000万以上，历时三年零几个月，伤亡和损失难以统计。参与太平洋战争的同盟国包括美国、中国、英国、英属印度帝国、澳大利亚、新西兰、加拿大、荷兰流亡政府、自由法国和苏联。轴心国则主要是日本和其建立的傀儡政权，包括满洲国、汪精卫政权，以及泰国。另外，日本在其殖民地（如韩国、台湾）征召了不少兵力，在中国也有很多亲日派参与战争。

这场战争除了日美两国大型海上战斗外，同时也导致位于欧洲轴心国集团的灭亡、日后的冷战局势、原子弹的使用、反殖民浪潮和日本与中国政治发展，对亚洲与太平洋周边国家未来发展影响甚巨。

实施了一场灭绝人性的屠杀。

屠杀持续了一整天，遍地惨死的潘家峪人被烧成焦炭，800多人无法辨认。全村1537人仅幸存307人，财物被抢光，房屋被烧光。

74年过去，直到今天，伤痛也仍然未能抚平。劫难幸存下来的孩童，健在的也已是年过八十的老人。跪在亲人墓前，老人喊出的还是“爸爸、妈妈”。

1956年6月，新中国对铃木启久等日本侵华战犯进行公开审判。这个仅个人记忆至少杀害5470名中国人的战犯，就是残酷“无人区”

计划的制造者。

1941年7月，武汉会战的日军主将冈村宁次，被日本天皇钦点北上，成为新任华北方面军司令官。调这位老辣“中国通”对付华北战场，是日本对中共敌后抗战力重新认识的结果。

从1941年到1942年，华北地区又连续发生罕见的旱灾和蝗灾，华中地区则发生严重水灾，农业生产受到极大损害。

天灾人祸，这一时期，敌后抗战陷入极端艰难。抗日根据地面积缩小，人口由1亿下降到5千万以下，八路军、新四军由50多万兵力减至40万，财政经济极为困难。

二

“巍巍燕山高，潇潇易水寒。英雄五壮士，威震狼牙山”。

1941年9月25日，在晋察冀边区“扫荡”的日伪军，把数万军民包围在狼牙山地区。

八路军的五名战士，马宝玉、胡德林、胡福才、葛振林、宋学义，为掩护大部队，把敌人引向狼牙山主峰。战至峰顶，面对包围上来的

敌人，子弹打光了的勇士砸烂枪支，从峰顶纵身跳下悬崖。

1941年11月11日，日军七千余人进犯黄崖洞，彭德怀、左权直接指挥八路军总部特务团一千多名战士与敌人激战8昼夜，创造敌我伤亡6:1的光辉战绩。

1942年5月，日军出动3万多人对太行、太岳根据地发动夏季“扫荡”，企图消灭八路军总部和129师主力。

日军经过特别选拔，组成改穿便衣的特别挺进杀人队，在大部队进攻掩护下，向八路军总部机关摸去。

八路军总部遭袭，左权等重要负责干部牺牲，是抗战以来八路军首脑机关遭受的最大一次损失。直到三天后，八路军总部才恢复和延安的联系。当人们把左权的手枪交到彭德怀手中时，他仰天长叹。

左权夫人刘志兰回忆丈夫在打百团大战时的样子：他全部的精神都沉浸于这一伟大的战役中，虽有胜利的把握，也仍为行将发生的战役焦虑着，没有睡眠，在屋内、在院中不停地徘徊。

八路军总部被袭后，中共中央提出将总部转移到晋西北，彭德怀经慎重考虑，仍坚持总部坚守在太行山，并很快得到批准。

抗战期间，八路军总部先后迁移六十多处，始终靠前指挥在抗敌一线，一步也没有离开过这座绵延于华北大地的巍巍太行。

人物

左权

左权（1905—1942），湖南醴陵人，黄埔军校一期生，是八路军的高级将领，无产阶级革命家、军事家、中国工农红军。1925年加入中国共产党；同年12月赴苏联学习；1934年参加长征，参与指挥强渡大渡河、攻打腊子口等战斗。长征到达陕北后，左权率部参加了直罗镇战役和红军东征。1936年，他担任红一军团代理军团长，率部西征并参与指挥山城堡战役。全国抗战爆发后，朱德、彭德怀一起率领八路军开赴华北抗日前线，取得了百团大战等许多战役、战斗的胜利。1942年5月，左权不幸牺牲，年仅37岁。牺牲后，延安和太行山根据地为其举行追悼会，并改辽县为左权县。

三

1941年12月17日，中共中央发出关于抗日根据地工作的指示，号召艰苦抗战的敌后军民长期坚持游击战争，“咬紧牙关，度过今后两年最困难的斗争”。

中共中央决定除保留主力部队外，将其余部队化整为零，深入敌后“两人一村、三人一乡”发动群众，开展群众性的游击战争。

在共产党领导下，敌后军民实行主力军、地方军与民兵自卫队相结合的武装力量体制，创造了地道战、地雷战、水上游击战、交通破袭战、民兵联防等很多极为有效的歼敌战法，在世界反法西斯的东方主战场创造了独一无二的作战形式。

一马平川的华北平原，面对敌人凶残“扫荡”，抗日军民创造性地开展了神奇的地道战。

在白洋淀，白毛巾裹头的“雁翎队”，对敌人打响了水上游击战。

左权将军雕像

无数只插着雁翎、载着武装、使敌人惊慌失措的“鹰排子”纵横在水波百里。

日本在侵华战争期间，从枣庄掠夺煤炭就有近1300万吨。破坏日军“以战养战”政策，是中国共产党领导的抗日武装一项重要战略任务。

鲁南铁道游击队，这支活跃在日军心脏的小型抗日武装，频繁战斗在铁路运输线上，牵制了敌人兵力，阻断了侵略动脉。八路军115师政委罗荣桓在给铁道游击队的嘉奖信中说：你们就像一把钢刀插入了敌人的胸膛。

面对敌人的“囚笼政策”，抗日军民采取“敌进我进”战略战术，敌后武工队应运而生。

沁源县是山西长治最西部的偏远山区县，四周群山环抱。

八路军太岳军区特别成立围困战指挥部，建立轮战队，发动8万沁源人民变县城为空城，决死队、游击队、民兵紧密配合，运用麻雀战、伏击战、破袭战、冷枪战、地雷战等手段，昼夜不停对日寇轮番袭击，把敌人封锁得寸步难行。

沁源人以一场不妥协的围困，在883天内大小战斗2730余次，毙伤日伪军4200余人，最终逼迫日寇逃离。

在长江两岸坚持敌后抗战的新四军，处于汪伪政权的核心地区，承受着凶险的“扫荡”和“清乡”。1941年至1943年，新四军共粉碎日军大规模“扫荡”、“清乡”达数十次，顽强坚持着华中抗战。

1943年3月18日，在刘老庄，新四军第三师所属四连为掩护淮海区党政机关和大批群众转移，毅然决定放弃突围，同敌人拼死一搏。

从拂晓战至黄昏，四连打完最后一颗子弹。连长白思才命令：装上刺刀，与敌人肉搏。最后，82位勇士全部战死。

从此，四连被命名为“刘老庄连”。从此，刘老庄人一直保持着到“刘老庄连”参军的传统。

四

深处太行腹地的黎城县孔家峧村三面环山，沟壑纵横，至今仍难以进出，一段“祖训传三代，守密七十年”的故事，一直保存在抗战

吹响号角

时期老村长郭建仁家的后屋地下。

建立巩固的敌后抗日根据地，是实行抗日游击战争的依托。

这一时期，各抗日根据地逐步建立起严格按原则进行选举的三三制民主政权，共产党员、非党进步分子与中间人士各占三分之一左右，最广泛地代表了各阶层抗日民众。

曾任陕甘边区苏维埃政府主席的习仲勋，抗战时期先后担任中共关中地委书记兼关中军分区政治委员、绥德地委书记兼绥德警备区政治委员，他从最基层群众的实际要求出发，大力推进关中和绥德地区的抗日民主政权建设，创建抗日民主示范区。毛泽东称赞习仲勋是一位“从群众中走出来的群众领袖”。

根据地实行广泛的民主，让群众真实见到了从未有过的民主与平等。

日寇重点残酷“扫荡”下，各抗日根据地陷入极端困难。

在毛泽东“自己动手，丰衣足食”的号召下，各根据地军民掀起了大生产运动的热潮。

抗战时期八路军援建的最大水利工程漳北水渠，至今仍在为当地群众的引水灌溉发挥着作用。当年在刘伯承、邓小平等领导下，这项水利工程，让群众喊出了“共产党万岁”。

经过一年的大生产，解决了根据地的粮食问题，为敌后战场提供了军需保障，也为所有人留下了关于官兵一致、干群一致、自力更生、积极乐观的美好回忆。

1942 年春天，为实现党内在艰难时期思想、政治上的统一和行动上的一致，中国共产党在全党范围内展开了一次整风运动。通过整风，使全党达到了空前的团结和统一，为夺取抗日战争在全国的胜利，奠定了思想政治基础，对增强党的战斗力是一次成功的实践，是一个伟大的创举。

历史链接

“以战养战”

利用战争中获取来的人力、物力和财力，继续进行战争。出自毛泽东《关于国际新形势对新华日报记者的谈话》：“日本对中国正面大规模军事进攻的可能性，或者不很大了；但是，它将更厉害地进行其‘以华制华’的政治进攻和‘以战养战’的经济侵略。”日本原本想通过战争的掠夺，来弥补自身资源的不足，其结果反而增加了困难，战争“将它原有的东西也消耗掉”了。“以战养战”政策是“二战”期间日本用以维系和扩大战争的基本政策之一。而驱使占领区的人民强制就劳和充分利用战争中获得的大量俘虏以补充劳动力的不足就成了日本用以维系和扩大战争的必然途径之一。

抗战胜利纪念雕像

共产党是全民族抗战的先锋，是团结抗战的模范，共产党领导的敌后抗战，是持久抗战的支撑，夺取抗战胜利的旗帜。

反法西斯战争度过了最困难的时期，胜利的曙光已经显现。

第五节

同盟抗敌

“二战”全面展开之后，中、美、苏、英等反法西斯主要国家联合起来，结成同盟，积极展开国家间的军事合作和海外作战，互相支援，互相配合，并肩打击德、日法西斯。中国战场成为同盟国在亚洲地区最大的和最重要的战场。

第二次世界大战的反法西斯同盟国与历史上出现的任何联盟都不同，这个同盟包括不同社会制度、不同意识形态与不同信仰的国家和政治力量。他们为了共同的目标——打败法西斯而团结一致、互相支援，实现了前所未有的大联合，这是打败法西斯轴心国的重要条件。

一

【2013年3月23日，习近平主席在俄罗斯莫斯科国际关系学院演讲同期】

库里申科墓

抗日战争时期，苏联飞行大队长库里申科来华同中国人民并肩作战，他动情地说："我像体验我的祖国的灾难一样，体验着中国劳动人民正在遭受的灾难。"他英勇牺牲在中国大地上。中国人民没有忘记这位英雄，一对普通的中国母子已为他守陵半个多世纪。

重庆万州西山公园，库里申科烈士墓就坐落于此。

【采访库里申科的女儿英娜·格里戈里耶夫娜】

1939年10月14日，在成功实施轰炸后，苏联飞行员迅速往基地返航，我父亲驾驶的长机的一个引擎被高射炮击中了，父亲受伤很严重，他命令其他两名飞行员跳伞。面前是宽阔的长江，两岸是悬崖，在哪里降落？只能降落到水里。当时岸上的人们看见从飞机里跳出两个黑点，降落伞打开，后来飞机抖动起来，左翼往下倾斜，翻了一个身，掉进了江里。父亲就这样牺牲了。

据苏联公布的战史资料，从 1937 年 12 月苏联空军志愿队在南京上空秘密参战，到 1941 年底苏联空军志愿队全部奉调回国，共有 2000 多名苏联空军人员来华，其中 700 多人直接参加了保卫南京、武汉、南昌、重庆、兰州等地的 25 次战斗，出动飞机千余架次，击毁日机 500 多架，有 200 多位苏联空军志愿队的勇士壮烈牺牲。

据统计，从 1937 年 10 月到 1941 年 4 月苏德战争爆发前，苏联给予中国购买军火的贷款共计 1.73 亿美元，居同期各国对华援助之首。中国利用这些款项购买飞机、坦克、汽车、大炮和枪支弹药装备部队。

俄国胜利广场

正当东方主战场上炮火连天，中日战争进入胶着状与肉搏状之际，1941 年，这个看似无人注意的年份，却发生了两起震惊世界的重大事件。

1941 年 6 月 22 日，凌晨 4 时 30 分，法西斯德国出动 190 个师 300 万人，以 3500 辆坦克和摩托化部队为先导，分三路向苏联发起迅雷不及掩耳的突然袭击。苏德战争爆发。

1941 年 8 月，正当英、苏、中与德、意、日法西斯激战正酣之时，全世界惊悉：中立的美国和英国，在纽芬兰举行了大西洋会议，发表了具有历史意义的联合宣言——《大西洋宪章》。

1941 年 12 月 8 日，美国珍珠港遭到日军的突然袭击，太平洋战争爆发。

1942 年 1 月 1 日，中国与美、英、苏等 26 个国家代表在华盛顿签署了《联合国家宣言》。声明：赞成《大西洋宪章》的原则与宗旨，并决心使用全部战争资源共同打败德、意、日轴心国及其仆从国，决不单独与敌国媾和，世界反法西斯联盟正式形成。

三

正当英、美、苏在欧洲战场、北非战场、太平洋战场、苏德战场陷入最黑暗日子的时候，中国军民以鲜血和生命将日军主力牢牢牵制在中国战场。

历史链接

《大西洋宪章》

《大西洋宪章》：又称《罗斯福丘吉尔联合宣言》，于 1941 年 8 月 14 日由美国总统罗斯福与英国首相丘吉尔签署的联合宣言。苏德战争爆发后，第二次世界大战范围扩大，美、英迫切需要进一步协调反法西斯的战略。两国首脑于 1941 年 8 月 13 日签署了《大西洋宪章》，14 日正式公布。该文件全文共 8 条，宣布对德战争的目的和战后和平的处置，同时表明两国不追求领土或其他方面的扩张，不承认法西斯通过侵略造成的领土变更，尊重各国人民选择其政府形式的权利，恢复被暴力剥夺的各国人民的主权，各国在贸易和原料方面享受平等待遇，促成一切国家在经济方面最全面的合作，摧毁纳粹暴政后重建和平，公海航行自由，各国必须放弃武力削减军备，解除侵略国家的武装。

1939 年 9 月和 1941 年 6 月，在纳粹德国入侵波兰和苏联之际，中国战场则分别进行了两次长沙会战，都在战略上支援了盟军。

第三次长沙会战，发生在 1941 年 12 月 23 日至 1942 年 1 月 16 日之间，此时，美国珍珠港刚刚遭到日本偷袭。

守备长沙城的第 10 军，从军长到士兵，都在战前立下遗嘱：“成则

以功勋报祖国，死则以长沙为坟墓。”

第三次长沙会战，中国军队伤亡约2.8万，歼灭了数以万计的日军。

四

1941年8月1日，美国志愿航空大队正式成立，陈纳德任大队长，下辖三个驱逐中队。任务是协助中国空军保卫云南领空并掩护滇缅公路运输。

同年12月20日，美国志愿航空大队与日本轰炸机编队在昆明上空进行首次较量，10架日机当场被击落6架，击伤3架，美军无一损失，“飞虎队”由此得名。

珍珠港被袭击

历史链接

飞虎队

全称为“中国空军美国志愿援华航空队”，正式名称为美籍志愿大队（英文：American Volunteer Group，简称 AVG），创始人是美国飞行教官陈纳德，于第二次世界大战中美日开战前夕成立、由高薪聘请的美国飞行人员组成的雇佣兵性质的空军部队，在中国、缅甸等地对抗日本。飞虎队在中国的不到一年时间，正是中国空军消耗殆尽、苏联援华基本取消的时候。面对几乎向日本侵略者洞开的天空，飞虎队虽无力为中国撑起可靠的防空伞，却以一己之力，在天空中证明了反侵略力量的存在。

1941 年 12 月 7 日，陈纳德率第 1 中队和第 2 中队到昆明。20 日，防空台侦测到一批日机向云南飞来，陈一白将军急告陈纳德所有战机都升空迎击。之前入云南人民饱受日机轰炸之苦，日机有时甚至在无战斗机保障护航的情况下，就出动轰炸机起飞进行轰炸。当天，入侵日机10架，被击落6架，击伤3架，志愿队无1架损失。志愿队初战告捷，昆明各报相继报导战斗经过，称美国志愿队的飞机是“飞虎”，志愿队此战成名，被称呼为——飞虎队。

飞虎队或是在空中与日机展开搏杀，或是支援地面部队作战，或是飞越高山峻岭，为抗战输送物资。

在飞越有“死亡航线”之称的“驼峰航线”时，由于气候恶劣以及飞行的技术局限，许多飞机失事，飞行员葬身冰山峻岭。

飞虎队纪念馆

有人向罗斯福总统建议：取消“驼峰行动”。罗斯福回答：没有办法，这就是战争。要是我们放弃了中国的大西南，也就意味着，日本可以从中国腾出100万到150万军队来对付我们，那样的话，太平洋战场的战况将危及美国本土的安全。

驼峰航线纪念碑

五

国殇墓园，环境清幽肃穆，在相对高度31米的圆锥形小山坡上，墓碑林立，9168名为捍卫国家尊严和民族利益而英勇献身的烈士长眠在这里。

国殇墓园

历史链接

驼峰航线

“二战”时期中国和盟军的一条主要的空中通道。“驼峰”位于喜马拉雅山脉南麓的一个形似骆驼背脊凹处的一个山口，它的海拔高度高于当时美国主要装备机型（DC-3、C-46、C-47）最大爬行高度，这里是中国至印度航线的必经之处。通过这条运输航线，中国向印度运送派往境外对日作战的远征军士兵，再从印度运回汽油、器械等战争物资。“驼峰航线”西起印度阿萨姆邦，向东横跨喜马拉雅山脉、高黎贡山、横断山、萨尔温江、怒江、澜沧江、金沙江、丽江白沙机场，进入中国的云南高原和四川省。航线全长 500 英里，地势海拔均在 4500 ~ 5500 米上下，最高海拔达 7000 米，山峰起伏连绵，犹如骆驼的峰背，故而得名“驼峰航线”。

为了支援缅甸的英印军，履行东方主战场之保卫缅甸及滇缅公路的使命，很快，中国就正式组建了远征军。

中国远征军第 5 军第 200 师 1 万名官兵，在师长戴安澜的率领下，1942 年 3 月率先出征同古。

3 月 20 日，同古保卫战正式打响。日军第 55 师团 2 万多人在航空兵的配合下，向同古外围阵地发起攻击。

第 200 师三面被围，被迫从外围阵地退守城内作战，战火硝烟下，全师上下同仇敌忾，誓与同古共存亡。

同古保卫战是缅甸防御战期间作战规模最大、坚守时间最长、歼灭日军最多的一次战斗。掩护英缅军顺利撤退，为远征军后续部队集结赢得了时间，并确保全师安全转移。

1943 年 11 月 22 日至 26 日，埃及首都开罗，会聚了美、英、中三国领导人——罗斯福、丘吉尔、蒋介石。这是“二战”中，美、英、中三巨头召开的第一次，也是唯一的一次首脑会议。

会议主要讨论了对日作战问题，并通过了三大盟国协同在缅北发动反攻作战的方案。会议发表的《开罗宣言》，不仅强调了将反法西斯战争进行到底的决心和意志，而且确认中国的东北地区、台湾、澎湖列岛等归还中国，肯定了中国收复失地的神圣权利，这成为战后处置日本问题的重要依据。

会议标志着中国国际地位的提升，也标志着东方主战场在世界反法西斯战争中具有的独特地位和作用。

《知识青年从军歌》

君不见，汉终军，弱冠系虏请长缨，
君不见，班定远，绝域轻骑催战云！
男儿应是重危行，岂让儒冠误此生？
况乃国危若累卵，羽檄争驰无少停！
弃我昔时笔，著我战时衿，
一呼同志逾十万，高唱战歌齐从军。
齐从军，净胡尘，誓扫倭奴不顾身！

《新一军军歌》

吾军欲发扬，精诚团结无欺罔，
矢志救国亡，猛士力能守四方，
不怕刀和枪，誓把敌人降，
亲上死长，效命疆场，才算好儿郎。
第一体要壮，筋骨锻如百炼钢，
暑雨无怨伤，寒冬不畏冰雪霜，
劳苦是顾常，饥咽芘与糠，
卧薪何妨，胆亦能尝，齐学勾践王。
道德要提倡，礼义廉耻四维张，
谁给我们饷，百姓脂膏公家粮，
步步自提防，骄纵与贪赃，
长官榜样，军国规章，时刻不可忘。
大任一身当，当仁于师亦不让，
七尺何昂昂，常将天职记心上，
爱国国必强，爱民民自康，
为民保障，为国栋梁，即为本军光。

六

1983 年 5 月的一天，全国人大常委会副委员长耿飚，收到美国访华商务代表团成员托人送来的

美军观察组与毛泽东握手

一本影集，扉页上方写着："送给我们无所畏惧的领导——耿飚"。

太平洋战争爆发后，美国政府加强了与中国共产党的合作。

1944 年 7 月下旬，经美国总统批准，以包瑞德上校为首的美军观察组一行 18 人来到延安。

对此，毛泽东、朱德等中共领导人非常重视。八路军总部及中共中央给各军区军分区及中共基层组织发出通知，要求："给来华作战的盟军以一切帮助！"、"援助与救助盟邦飞行人员！"

1942 年 4 月 18 日，美国发动了首次对日本东京的空袭，一共有 16 架 B–25，共 80 名飞行员参加行动，投弹后，除一架降落在苏联，其余 15 架均迫降或坠毁在中国境内，两架飞机的机组成员落入日控区成为战俘，剩余 13 架飞机的机组成员共 64 人，全部得到中国军民的救助，返回美国。

然而，就在美军回国后不久，这些救助过他们的老百姓，却遭到日军疯狂的报复，他们用生命坚守了同盟抗敌的誓言。

七

“白求恩同志是加拿大共产党员，五十多岁了，为了帮助中国的抗日战争，受加拿大共产党和美国共产党的派遣，不远万里，来到中国。去年春上到延安，后来到五台山工作，不幸以身殉职……”

这是中国共产党领导人毛泽东1939年12月21日，悼念白求恩时对他的介绍。毛泽东诚挚地赞扬他：“一个外国人，毫无利己的动机，把中国人民的解放事业当作他自己的事业，这是什么精神？这是国际主义精神，这是共产主义精神，每

历史链接

B-29轰炸机

B-29轰炸机（英文：Boeing B-29 Strategic Bomber，绰号：Superfortress，中文：超级空中堡垒）是美国波音公司设计生产的四引擎重型螺旋桨轰炸机。

B-29轰炸机命名延续自B-17飞行堡垒，是美国陆军航空队在第二次世界大战亚洲战场的主力战略轰炸机，是二次大战时各国空军中最大型的飞机，也是当时集各种新科技的最先进的武器之一，被称为“史上最强的轰炸机”。

1945年8月，B-29轰炸机向日本的广岛和长崎投掷了原子弹。

第二次世界大战后，B-29在美国空军继续服役了很长一段时间（包括朝鲜战争，19个不同的变种机型扮演了多种多样的角色——气象侦察、空中加油和作为超音速飞机研究的实验台），直到20世纪60年代早期全部退役。

人物

白求恩

白求恩，全名诺尔曼·白求恩（Norman Bethune，1890—1939），加拿大共产党员，国际主义战士，著名胸外科医师。1890 年出生于加拿大安大略省格雷文赫斯特镇，1935 年加入加拿大共产党，1938 年来到中国参与抗日革命，1939 年因病逝世。他在中国工作的一年半时间里为中国抗日革命呕心沥血。毛泽东称其为是一个高尚的人，一个纯粹的人，一个有道德的人，一个脱离了低级趣味的人，一个有益于人民的人。1939 年 10 月下旬，在涞源县摩天岭战斗中抢救伤员时左手中指被手术刀割破感染。1939 年 11 月 12 日凌晨因手术中被细菌感染转为败血症，医治无效在河北省唐县黄石口村逝世。

一个中国共产党员都要学习这种精神。”

在中国的抗日战场上，像白求恩这样，来自世界各国的支持中国抗战的人士很多，柯棣华、史沫特莱、斯特朗、斯诺、马海德、路易·艾黎、约翰·拉贝、贝恩哈尔·辛德贝格、约翰·马吉等，不胜枚举。他们远渡重洋来到中国，和中国人民一起抗击日本法西斯，有的人把热血洒在了抗日战争的东方主战场。

白求恩小庙

74

第六节

民族血脉

中国共产党引领推动抗战文化发展，激发民族精神、弘扬爱国主义、统一全国意志、吹响中华民族打击日本侵略者的号角。中国文化志士以文化自觉与自信，坚决反击日本军国主义的精神文化侵略。在抗日民族统一战线旗帜下，团结一致服务抗战，用笔杆发动民众抗日、反击日本“笔部队”，联合国际友人向世界传播中国人民在反法西斯战争中的贡献。

在艰苦卓绝的抗日战争中，中国人民不屈不挠，奋起抗争，谱写了一曲爱国主义的壮丽诗篇。在血与火的洗礼中，一大批优秀的文艺作品诞生，为中华民族文化注入新的血液和生机，并鼓舞着中国人民英勇抗战。

令人血脉奔涌、气势磅礴的音乐史诗《黄河大合唱》，就是那个时代民族精神的结晶。

红色的延安和对生命的全新领悟，让冼星海迎来了创作的高峰。

一

1940 年 12 月 30 日，延安新华广播电台从这里开始播音，这是中国共产党领导的第一座广播电台。为避免敌机轰炸，机房和播音室都设置在半山腰的窑洞里。

人民广播的诞生，让中国各地都可以直接收听到中国共产党的声音，有力地指导和配

历史链接

《黄河大合唱》

《黄河大合唱》是冼星海最重要的也是影响力最大的一部交响乐代表作。作于 1939 年 3 月，并于 1941 年在苏联重新整理加工。这部作品由诗人光未然作词，以黄河为背景，热情歌颂中华民族源远流长的光荣历史和中国人民坚强不屈的斗争精神，痛诉侵略者的残暴和人民遭受的深重灾难，广阔地展现了抗日战争的壮丽图景，并向全中国、全世界发出了民族解放的战斗警号，从而塑造起中华民族巨人般的英雄形象。

《保卫黄河》(《黄河大合唱》第七乐章)

朗诵词:

但是,中华民族的儿女啊,谁愿意像猪羊一般任人宰割?我们抱定必胜的决心,保卫黄河!保卫华北!保卫全中国!

多声部合唱:

风在吼。马在叫。黄河在咆哮。黄河在咆哮。河西山冈万丈高。河东河北高粱熟了。万山丛中,抗日英雄真不少!青纱帐里,游击健儿逞英豪!端起了土枪洋枪,挥动着大刀长矛,保卫家乡!保卫黄河!保卫华北!保卫全中国!

合了全国的抗日战争。

1938 年 9 月,八路军总政治部电影团在延安成立,先后拍摄了 20 部影片,这些影片真实记录了中国革命的重大史实,具有极其珍贵的历史价值。

延安宝塔山

历史链接

在延安文艺座谈会上的讲话

在延安举行的文艺座谈会是延安整风运动的一个重要组成部分，其宗旨在于解决中国无产阶级文艺发展道路上遇到的理论和实践问题，诸如党的文艺工作和党的整个工作的关系问题、文艺为什么人的问题、普及与提高的问题、内容和形式的统一问题、歌颂和暴露的问题等。讲话对上述问题一一作了剖析，提出并解决了一系列带有根本性的理论问题和政策问题，明确提出了文艺为工农兵服务的方针，强调文艺工作者必须到群众中去、到火热的斗争中去，熟悉工农兵，转变立足点，为革命事业作出积极贡献。讲话总结了五四以后中国革命文艺运动的历史经验，发展了马列主义的文艺理论。

《在延安文艺座谈会上的讲话》的发表，标志着新文学与工农兵群众相结合的文艺新时期的开始。许多作家在毛泽东文艺思想指引下，在塑造工农兵形象和反映伟大的革命斗争方面获得了新成就，在文学的民族化、群众化上取得了重大突破。出现了赵树理的《小二黑结婚》、《李有才板话》，丁玲的《太阳照在桑干河上》，周立波的《暴风骤雨》，李季的《王贵与李香香》，贺敬之、丁毅的《白毛女》，阮章竞的《漳河水》，孙犁的《荷花淀》等作品。在国统区，党领导下的进步文艺界团结广大作家，发挥了重大战斗作用。艾青、田间及七月诗派的诗歌创作，茅盾、巴金、老舍、沙汀、艾芜、路翎的小说以及曹禺、夏衍、陈白尘、宋之的、吴祖光的戏剧创作，在反映现实的深度、广度与多样化方面都达到了新的水平。

中国共产党的声音，就是通过这些媒体和机构传向了世界。

作为中国敌后抗战的指挥中枢，延安，也是抗战文化孕育、发展、壮大的中心。

1942 年 5 月，正当中国抗战前线炮火连天、世界反法西斯战场激战正酣之际，为了更好地发挥文艺在抗日战争中“团结人民、教育人民、打击敌人、消灭敌人”的特殊作用，中国共产党在延安召开文艺座谈会，讨论文艺的发展方向问题。

按照延安文艺座谈会指明的文化方向，广大文化工作者深入群众，深入各敌后抗日根据地，创作演出，服务抗战。

西北战地服务团 1937 年 8 月成立于延安，是以中国抗日军政大学的部分学员为主组成，宗旨是宣传抗战、服务抗战。

1943 年，抗战进入到艰苦的相持阶段，牧虹和卢肃两人合作，共同创作了《团结就是力量》这首歌曲。

团结就是力量，

团结就是力量，

这力量是铁，这力量是钢，

比铁还硬，比钢还强……

这首歌一经演唱，就产生了强大的感染力和号召力，很快传遍抗日前线，传到全国其他地区，成了鼓舞民众的战斗口号……

长城

二

抗战中民众迁移

中华民族始祖轩辕黄帝的陵寝，是中华文明的精神标志。

1937 年清明，国共两党和各界代表人物前往黄帝陵，共同祭奠中华民族的始祖。

毛泽东起草的祭文，发出了抗日救国的呐喊：民族阵线，救国良方。 四万万众，坚决抵抗。民主共和，改革内政。亿兆一心，战则必胜。 还我河山，卫我国权。

“七七事变”后，为了战胜日本法西斯，在抗日民族统一战线的旗帜下，中国的文化界人士积极建立文化统一战线，团结动员凝聚各个抗日军队、各民族各阶层各团体，团结一致殊死抗战。

毛泽东指出：“今天中国政治的第一个根本问题是抗日，因此党的文艺工作者首先应该在抗日这一点上和党外的一切文学家艺术家团结起来。”

“九一八事变”的爆发，激发了梅兰芳的爱国情怀。这位享誉世界的中国京剧大师，接连编排演出了京剧《抗金兵》和《生死恨》，以古喻今，以戏明志。

日军占领香港的第一天，梅兰芳就开始留须罢戏，以明其决不与日军合作之志。

梅兰芳回到上海后，日军为了掩盖罪恶，粉饰太平，用百般利诱与威胁要他正常演出，梅兰芳始终不为所动。

在抗战期间，中国的文艺工作者们用各种方式和艺术形式，大力宣传抗战，唤起劳苦大众和各个阶层救亡图存的觉悟和激情。

正如被尊为中国民族魂的鲁迅先生所说：“我们的战线不能统一，就证明我们的目的不能一致，或者只为了小团体，或者还其实只为了个人，如果目的都在工农大众，那当然战线也就统一了。”

抗战文化是中国近代文化史上最广泛的文化统一战线。它就是集结号，一支声势浩大的文化抗日大军投入抗击日本法西斯主义的前沿阵地，誓死不回。

汉中石门栈道

三

日本法西斯深知语言是一个民族文化传统的重要载体，强制中国人学日语，有助于毁灭中国文化，泯灭中国人的民族意识。

一边是日本法西斯赤裸的奴役、愚弄与欺骗，一边是中华儿女的最优秀的分子“拿起笔作刀枪”与日本法西斯的强盗文化肉搏与血拼。

“假如我们不去打仗，
敌人用刺刀
杀死了我们，
还要用手指着我们骨头说：
“看，这是奴隶！”

——田间

这是一首著名的“枪杆诗”，也叫“墙头诗”，作者是诗人田间。

枪杆诗这种特殊的诗歌形式，因被奔赴抗战前线的战士们用刀刻在枪托上以激励自己而得名。

活跃在东方主战场上的无数抗日的作家、艺术家们，是用一腔民族热血，书写着誓与日本法西斯决战到底的血性文章。

重庆遭轰炸

四

重庆这座被西方人形容为屹立在悬崖上的城市，充满了传奇和人类文明的奇迹。

在五四运动20周年纪念日来临的时候，重庆遭遇了一场惨烈的轰炸。

从1939年5月3日开始，连续两天，日机从武汉起飞，连续轰炸重庆市中心区，并且大量使用燃烧弹。重庆市中心两日大火，商业街道被烧成废墟。

重庆轰炸后口号

当时在重庆的老舍，目睹了这场人间惨剧，同时也感受到这次轰炸中所蕴含的民族力量。他在文章《五四之夜》中写道：“继续努力……记住，这是五四！人道主义的，争取自由解放的五四，不能接受这火与血的威胁；我们要用心血争取并必定获得大中华的新生！我们活着，我们斗争，我们胜利，这是我们五四的新口号！”

【《救亡进行曲》】

“工农兵学商，

一起来救亡，。

拿起我们的武器刀枪……”

日本军国主义的凶残不止是杀戮，对文化的毁坏更是极尽野蛮。

1937年7月30日，天津失陷前，日军对这座名城进行了持续4个小时的轰炸，这场轰炸把南开大学变成了瓦砾场。

【南开大学教授申泮文】

张伯苓这时候他就说日本人能够毁我们的物质，可是不能毁我们的精神，我们的精神永远激励，将来更强大。

南开遭轰炸

1932年，“一二八”事变爆发后的第二天，日本海军陆战队就野蛮轰炸了上海商务印书馆。

日军的轰炸，使这座远东最大的出版社，连同五楼的东方图书馆中几十万册孤本、善本古籍全部毁于一旦。

历史链接

商务印书馆

商务印书馆（The Commercial Press）（CP）是中国出版业中历史最悠久的出版机构。1897年创办于上海，1954年迁至北京。与北京大学同时被誉为“中国近代文化的双子星”。新中国成立后，商务印书馆积极完成公私合营改造，并于1954年迁至北京，在中央的大力支持下开始了新的奋斗历程。1958年，中国出版社业务分工，商务承担了翻译出版国外哲学社会科学和编纂出版中外语文辞书等出版任务，逐渐形成了以“汉译世界学术名著”、“世界名人传记”为代表的翻译作品，和《辞源》、《新华字典》、《现代汉语词典》、《英华大词典》等为代表的中外文语文辞书为主要支柱的出版格局。商务印书馆的创立标志着中国现代出版业的开始。

在国破家亡的民族生死关头，为了存留中国教育的精髓，让中国教育文脉得以延续，为了坚持民族教育，并使无校可归的师生不致失学当亡国奴，受奴化教育，北京大学、清华大学、南开大学三校联合先迁到长沙，成立了“长沙临时大学”；后随着上海和南京的相继沦陷，再次被迫南迁云南昆明。

坐落于延安凤凰山的抗日军政大学是人类教育史上的一个奇迹。

桥儿沟的延安鲁迅艺术文学院是中国共产党创办的第一所综合性艺术学校。

五

荷兰纪录片大师伊文思是1938年来到中国拍摄这部著名的纪录片《四万万人民》的。

这部影片用无以辩驳的影像，无情地揭露了日本法西斯惨无人道、丧尽天良的战争罪行，同时，也表达了对中国抗战胜利的坚信。

这部美国米高梅公司出品的电影，让全世界看到了中国人民在反法西斯战争中的英勇斗争。

1940年，在纽约的露天音乐堂上，美国著名歌唱家保罗·罗伯逊用汉语和英语演唱了这首歌，向与日本法西斯作战的中国人民致敬。

鲁迅艺术文学院

历史链接

鲁迅艺术学院

鲁迅艺术学院是抗日战争时期中国共产党为培养抗战文艺干部和文艺工作者而创办的一所综合性文学艺术学校，1940年后更名为“鲁迅艺术文学院”，简称“鲁艺”。1938年2月，毛泽东和周恩来领衔，林伯渠、徐特立、成仿吾、艾思奇、周扬等人联名发出鲁迅艺术学院《创立缘起》。文中说：“艺术是宣传、发动与组织群众的最有力的武器，培养抗战的艺术工作干部已是不容稍缓的工作，因此创立鲁迅艺术学院，要沿着鲁迅开辟的道路前进。”

1949年9月27日，中国人民政治协商会议第一届全体会议通过决议，《义勇军进行曲》成为中华人民共和国代国歌。1982年，第五届全国人民代表大会第五次会议通过决议，确定《义勇军进行曲》为中华人民共和国正式国歌。

2014年10月15日，中国共产党在北京又召开了一次具有重大影响的文艺座谈会。会上，习近平总书记指出：“文艺是时代前进的号角，最能代表一个时代的风貌，最能引领一个时代的风气。”

抗日战争中所产生的抗战文化，是我们民族一个时代的光辉写照。今天，中国又到了一个新的历史周期，一个民族复兴的伟大梦想已经起航，新的历史史诗需要我们书写。

第七节

大地坚韧

面对强大的日本军国主义，全国各民族、各阶层、各党派、各社会团体、港澳台同胞和海外侨胞，万众一心、同仇敌忾、举国御侮，爆发出前所未有的爱国热情，表现出空前的民族觉醒和民族团结，共同抗击日本法西斯侵略者，成为赢得抗日战争伟大胜利的坚强基石。

中国的抗日战争，是全民族的抗战。

大江南北，长城内外，中华各族儿女冒着敌人的炮火共赴国难，无论是正面战场，还是敌后战场，千千万万爱国将士浴血奋战、视死如归，各界民众同仇敌忾、万众一心。中华大地上，坚韧、顽强、不屈、勇敢的苦熬、苦干、苦斗、苦拼的精神，在与日本法西斯的决死战斗中，如凤凰涅槃、浴火重生，焕发出强大的凝聚力、向心力、战斗力。一幅壮阔的史诗画卷在第二次世界大战的东方主战场上展开。

一

在北京市密云县石城镇张家坟村，有一位人们广为传颂的英雄母亲邓玉芬。

邓玉芬先后把丈夫和五个孩子送上抗日战场，他们全部战死沙场，为国捐躯。

千千万万个邓玉芬这样的英雄母亲构成了中华民族反抗日本法西斯的坚韧脊梁。

邓玉芬雕像

胶东半岛盛产黄金，1938 年 4 月，山东抗日根据地在这里建立了一个“北海银行”，作为稳固的经济补给后方，为抗日武装提供经费支援。

历史链接

北海银行

北海银行创建于抗战初期，经历了抗日战争与解放战争两个历史时期，其全部活动具有“战时金融”和“地方金融”的特点。该行所发行的纸币在抗日战争时期是山东革命根据地的主币，在解放战争时期成为山东解放区乃至华北、华中解放区的本位币。该行为山东革命根据地与解放区的经济建设，做出了卓越的贡献，在中国革命根据地货币史上占有重要的地位。

抗战期间，山东抗日根据地向延安输送的黄金达十三万两。这些黄金和银元，都是齐心抗战的山东人民群众饿着肚子攒下的血汗钱，它见证了根据地人民拥戴共产党，支援抗战的拳拳之心。

这是一面白布制成的大旗，居中写着一个大大的“死”字！右上方写着：“我不愿你在我近前尽孝，只愿你在民族分上尽忠！”左上方写着：“国难当头，日寇猙狞，匹夫有份。本欲服役，奈过年龄。幸吾有子，自觉请缨。赐旗一面，时刻随身。伤时拭血，死后裹身。勇往直前，勿忘本分！”

1937 年秋，川军出川参加抗战，北川县曲山镇青年王建堂与朋友分头联系了一百多个青年，向县政府请命杀敌。

怒江

92

王建堂扛着父亲送来的“死”字旗奔赴前线，抗战八年，他有七年战斗在火线上，参加大小战役数十次，负伤四次，多次立功授勋，实现了“伤时拭血”的誓言。

川军死字旗

随着军队装备的改善，需要有文化的士兵。国难当头，众多青年学子毅然投笔从戎。

在大后方，各界人士也踊跃投入抗日战争。“有人出人，有力出力，有钱出钱，有知识出知识！”，激动人心的口号，响彻中华大地，成了激励全民族抗战的号角。

二

在重庆北碚区，有一座风景如画的北碚公园，是著名实业家卢作孚先生在七十多年前修建的，在北碚公园中，有一座园中园，被命名为“作孚园”，这是民众对这位在抗战紧要关头挺身而

卢作孚雕像

历史链接

民生轮船公司

近代中国最大的一家私营航运企业。原名民生实业股份有限公司，由著名实业家卢作孚于 1925 年发起筹办。它是现在民生集团的前身。

民生轮船公司在发展过程中，曾与四川军阀、国民党政府、外国垄断资本发生过联系。但最终不免受到官僚资本的压榨、外国航商的排挤，在当时社会经济破产、通货恶性膨胀的打击下，陷入严重危机。20 世纪 40 年代后期，公司营业萧条，客货运输量锐减，加上公司本身机构臃肿、开支浩繁，以致债台高筑，不得不靠出卖部分投资股权来维持营运。

中华人民共和国成立后，政府对民生轮船公司大力扶持，贷给巨款，同时组织川粮东运，解决了民生轮船公司缺少货源的困难。1952 年 9 月 1 日起，公司实行公私合营，正式改名为公私合营民生轮船公司，运输生产不断发展。1956 年经过充分协商，实行经济改组，定股定息，民生轮船公司并入长江航运管理局。

出，毁家纾难的爱国实业家永久的纪念。

在民族危亡的关键时刻，卢作孚挺身而出，他说：“国家对外战争开始了，民生公司的任务也就开始了，民生公司应该首先自觉地参加战争。”

整个抗战期间，牛友兰先后捐资三万五千块银元，捐粮两万多公斤，以及大量的棉花、布匹等物资，这几乎是他的全部家产。

战火摧毁了中国的大批工厂，大量的产业工人失业，与此同时，各种生活用品奇缺，为了解决这一矛盾，工业合作社应运而生。

历史链接

滇缅公路

滇缅公路，即中国云南省到缅甸的公路。滇缅公路于 1938 年开始修建。公路与缅甸的中央铁路连接，直接贯通缅甸原首都仰光港。滇缅公路原本是为了抢运中国国民党政府在国外购买的和国际援助的战略物资而紧急修建的，随着日军进占越南，滇越铁路中断，滇缅公路竣工不久就成为了中国与外部世界联系的唯一的运输通道。这是一条诞生于抗日战争烽火中的国际通道。这是一条滇西各族人民用血肉筑成的国际通道，滇缅公路在第二次世界大战中扮演着重要的角色。

滇缅公路，这条穿过了中国最坚硬的山区，跨越了中国最湍急的河流，蜿蜒上千公里的运输干道，对于中华民族的生存是一条不折不扣的生命线。这条由滇缅公路、驼峰航线以及中印公路组成的运输大通道，支撑着中国抗日战场全部战备物资以及大后方的经济供应。

滇缅公路还有一个无形的作用，它改变了战争的进程，使得日本军原来是要在正面打败中国军队，迫使国民政府屈服，但由于有了包括滇缅公路在内的对外通道，使得日本军放弃了原来的计划，改为从沿海越南、西北和缅甸封锁中国的对外通道。这样给疲惫的中国军民有了喘息的机会。

三

中国是各族儿女共同的家园，各民族的儿女投身抗战，共御外侮。

内蒙古大草原上活跃着一支由乌兰夫组织并领导的抗日武装——蒙旗保安旅，后改编为蒙旗独立旅。

喀喇昆仑山脉

到1938年年底，中国的所有对外物资补给线几乎被日军全部切断，就在日军认为大功告成之际，一条事关中国抗战前途命运的运输线，在云南的崇山峻岭中投入使用了。

这条曾被美国工程师认为需要七年才能修通的公路，在中国劳苦百姓抗战的热血拼搏中，仅仅用了14个月的时间就全部竣工。

【滇缅筑路歌】

民众力量真魁巍，
前方流血后方汗，
不是公路是血路，
千万雄工中外赞。

滇缅公路筑路工雕像

1944年初秋，一支由一千多匹骆驼、马和牦牛组成的庞大运输队在新疆集结完毕，管理这些牲畜的，是180多名驮工，他们都是喀什、和田、克州三地的维吾尔族、柯尔克孜族和塔吉克族同胞。

这支运输队的任务是从印度列城运回汽车轮胎。这是一项极其艰巨的任务，横亘在他们面前的，是喀喇昆仑山和喜马拉雅山。

参加抗战的藏族战士

55天后，这只驼工队伍终于到达了叶城。随即，这些物资被运往内地支援抗战。这次运输，全程近千公里，人畜伤亡率超过10%。共运进4444套轮胎及抗战物资，可修好800辆载重汽车，让它们重新奔驰在抗战的火线上。

直到1945年中印公路开通，这条高山国际驿运路线的军运使命才告结束。

在那个炮火连天的岁月里，很多同胞从当时在日本殖民统治下的台湾赶来，与祖国人民同仇敌忾，为抗战写下了一段不朽的传奇。

四

抗战期间，全球华侨积极为国捐款，认购救国公债，1937年7月到1941年12月，中国军费开支总额约为123亿元，侨汇总额就达53亿元，占军费开支总数的43%，巨额侨汇及时垫付和抵消了大量军火进口所需的资金。

陈嘉庚是南洋著名的实业家，在南洋华侨中享有极高声望，是公认的华侨领袖，抗战爆发后，他牵头成立了“南洋华侨筹赈祖国难民总会”并被推选为主席。

在陈嘉庚的精心筹划下，南侨总会组织的南侨机工分15批回国，他们主要在滇缅公路上承担抗战物资运输任务。

回国参加抗战的海外华侨不仅仅战斗在运输线上，印尼女归侨李林，毅然奔赴晋绥抗日根据地，参加了雁北抗日游击队，担任骑兵营教导员，人称“双枪女英雄”。

1940年4月，日伪军集中1.2万兵力，对晋绥边区进行“扫荡”，为了掩护群众突围，李林不顾怀有3个月的身孕，率领骑兵连勇猛冲杀，将日伪军引开。在腿部和胸部多处负伤后，仍英勇抗击，击毙日伪军6人，自己也身中4弹，被敌人团团包围，她宁死不屈，把最后一颗子弹留给了自己，为抗战流尽了最后一滴血。

李林雕像

李林牺牲时年仅25岁，中共晋西北区党委机关报《新西北报》发表社论，称赞李林是“中国民族英雄的最光荣典型”。

第八节

正义必胜

世界反法西斯战争各大战场相继进入战略转折和反攻阶段后，中国的抗日战争也进入了毛泽东预言的第三阶段——战略反攻阶段。中国共产党领导的敌后武装率先向日军发起了持续不断地反攻，国民党军队也向日军发起反攻作战。中国人民 14 年艰苦卓绝的抗战，加上美、苏对日本法西斯的打击，最终打败了日本侵略者。反法西斯战争胜利结束，同盟国在东京和南京等地，对日本法西斯罪行进行了审判。战后联合国的成立奠定了国际新秩序。

战争场面

1945年初，在东方主战场，中国共产党领导的敌后抗日军民全线出击，展开猛烈的对日反攻，迫使日军收缩战线，困守交通线，举步维艰。

这一年春夏之交，中国共产党第七次全国代表大会在延安举行。大会提出了党的路线——放手发动群众，壮大人民力量，在中国共产党的领导下，打败日本侵略者，解放全国人民，建立一个新民主主义的中国。

毛泽东在《论联合政府》的政治报告中热情洋溢地说："三次革命的经验，尤其是抗日战争的经验，给了我们和中国人民这样一种信心：没有中国共产党的努力，没有中国共产党人做中国人民的中流砥柱，中国的独立和解放是不可能的。"

一

1945年，敌后解放区的八路军、新四军从年初开始，就向日、伪军展开了新一轮的攻势作战。

美、英三国首脑斯大林、杜鲁门、丘吉尔在德国柏林西南的波茨坦举行会议，敦促日本投降。

7月26日，中国、美国、英国三国发表《波茨坦公告》，勒令日本政府无条件投降，重申《开罗宣言》的条件必须实施。

1945年8月6日和9日，美国分别在日本广岛和长崎投下了两颗原子弹，这两座城市遭受到了毁灭性的打击。

8月9日零时，中共中央主席毛泽东发出了“对日寇的最后一战”的伟大号召。

1945年8月15日，日本天皇发出“终战诏书”，日本政府照会中、美、英、苏四国政府，接受《波茨坦公告》。

日本投降了！人民胜利了！

战争场面

历史链接

波茨坦会议

1945 年 5 月 8 日，德国法西斯无条件投降，欧洲反法西斯战争胜利结束。1945 年 7 月 17 日到 1945 年 8 月 2 日，美、英、苏三国首脑杜鲁门、丘吉尔（1945 年 7 月 28 日以后是新任首相艾德礼）和斯大林在柏林近郊的波茨坦举行战时第三次会晤，史称“波茨坦会议”或“柏林会议”。1945 年 7 月 26 日在波茨坦会议上美国总统哈利·S·杜鲁门、中华民国国民政府主席蒋介石和英国首相温斯顿·丘吉尔联合发表了一份公告——《中美英三国促令日本投降之波茨坦公告》，简称《波茨坦公告》或《波茨坦宣言》。《波茨坦公告》的主要目的是迫使日本提早投降，并且规定日本投降以后的处理事宜。同时《波茨坦公告》奠定了战后国际秩序的法律基础。

二

9 月 2 日清晨，美、中、英、苏四国在停泊在日本东京湾的美军“密苏里号”战列舰上举行日军投降签字仪式。

中国的徐永昌上将代表中国政府签字。这一庄严时刻被永久地定格在历史的影像之中。

日本投降签字仪式，宣告了中国长达 14 年的抗日战争的胜利结束，同时，标志着人类历史上规模最大、最为惨烈的第二次世界大战的结束。

1945年9月9日9时，在南京黄埔路中国陆军总司令部大礼堂举行中国战区日本投降签字仪式。

历时14年的中国抗日战争，仅用15分钟，就完成了中国战区侵华日军的投降签字仪式。

南京受降，宣告了侵华日军的彻底失败。

10月25日上午10时，在台北市公会堂举行中国战区台湾省受降典礼。结束了日本对台湾长达50年的统治。

同时，中国政府还收回了被日本窃取的满洲、澎湖列岛等地的主权。

联合国的成立，是世界反法西斯战争的重要成果。1945年4月至6月，在美国旧金山，来自50个国家的代表举行联合国制宪会议，一致通过了《联合国宪章》。按照四个邀请国的英文字母顺序，中国为第一个在宪章上签字的国家。董必武与其他中国代表，分别在宪章上庄重地签上自己的名字。这是中共高层领导人首次在国际政治舞台上亮相。

1945年10月24日，《联合国宪章》经中、苏、英、美等多数签字国批准后正式生效。中国的大国地位通过《联合国宪章》得到国际社会的维护和尊重。

此时此刻，中国在世界反法西斯战争中所起的重大作用已被历史所证明。

中国在东方战场的艰苦抗战持续时间最长，从 6 年局部抗战到 8 年全面抗战共 14 年。

中国牵制和消灭的日本法西斯军队最多，抗击了日本陆军总兵力的 2/3，歼灭日军 150 余万人，占日军在第二次世界大战中死伤人数的 70%。日本投降时在华兵力约 128.3 万人，超过太平洋东南亚各战场日军的总和。

三

1946 年 1 月 19 日，经盟国授权，由中国、苏联、美国、英国、法国等国家的 11 名法官以及 30 名检察官，在东京成立“远东国际军事

历史链接

密苏里号战列舰

（英文: USS Missouri，中文:“密苏里号”战列舰），通常指美国海军于 1944 年建造的第四艘依阿华级战列舰（舷号: BB-63），是美国海军第三艘以密苏里州为名的军舰。是美国最后一艘建造完成，也是最后一艘退役的战列舰。曾经参与第二次世界大战、朝鲜战争和 1991 年的波斯湾战争。

1945 年 9 月 2 日，标志着“二战”结束的日本无条件投降的签字仪式，在停泊在东京湾的“密苏里号”主甲板上举行，“密苏里号”因此而闻名于世。

1999 年，“密苏里号”战列舰作为博物馆舰，停泊在夏威夷珍珠港福特岛旁，供来自世界各地的游客参观。

法庭”，对日本甲级战犯进行审判。这是继纽伦堡对纳粹战犯审判后，对日本法西斯罪行进行的大清算。

经过两年多的审判，远东国际军事法庭判决东条英机、广田弘毅、土肥原贤二、板垣征四郎、木村兵太郎、松井石根、武藤章等 7 人处

以绞刑。

从 1945 年 12 月中旬至 1947 年年底，中国各地的军事法庭共受理战犯案件 2435 件，死刑案件 110 件。

苏联特别军事法庭在伯力对原日本关东军司令官山田乙三等 12 人进行了审判。

在香港、新加坡、菲律宾、印尼、澳大利亚也进行了审判。

新中国成立后，最高人民法院特别军事法庭分别于沈阳、太原对 1113 名日本战犯进行了公开审判。庭审调查证实日本战犯在中国犯下的罪行包括：策划推行侵略政策、制造细菌武器、施放毒气、进行人体活体试验、屠杀掠夺资财、毁灭城镇、强征慰安妇、强奸妇女、驱逐和平居民、违反国际准则和人道主义原则等。

历史链接

《联合国宪章》

《联合国宪章》是联合国的基本大法，它既确立了联合国的宗旨、原则和组织机构设置，又规定了成员国的责任、权利和义务，以及处理国际关系、维护世界和平与安全的基本原则和方法。

1945 年 6 月 26 日，来自 50 个国家的代表在美国旧金山签署了《联合国宪章》。同年 10 月 24 日起生效，联合国正式成立。1947 年 10 月，联合国大会把 10 月 24 日定为“联合国日”。

《联合国宪章》除序言和结语外，共分 19 章 111 条。国际法院规约是《联合国宪章》的组成部分。宪章规定，联合国的宗旨是“维护国际和平及安全”、“制止侵略行为”、“发展国际间以尊重各国人民平等权利自决原则为基础的友好关系”和“促成国际合作”等；它还规定联合国及其成员国应遵循各国主权平等、各国以和平方式解决国际争端、在国际关系中不使用武力或武力威胁以及联合国不得干涉各国内政等原则。

日本全面侵华战争期间，日军设立“慰安所”强征妇女充当“慰安妇”，更是有组织的战争犯罪。

如何对待“二战”后建立的国际秩序，不仅关系到千千万万世界

反法西斯战士用生命换来的胜利果实能否得到切实维护，而且关系到世界和地区的和平与稳定，关系到日本和亚太地区未来的发展方向。

四

中国抗日战争的胜利，是中国近代以来第一次取得彻底的民族解放战争的胜利，在中国的历史上写下了辉煌的篇章。这场胜利从根本上改变了远东的国际政治形势，重新确立了中国在世界上的大国地位，中国人民在这次战争所发展起来的雄厚力量和积累的丰富经验，对战后国际局势的发展产生了深远的影响。

每年的9月18日、7月7日、8月15日等抗日战争重大节点，中国各级政府及民间都会举办各类大规模的爱国主义教育活动。人

历史链接

731部队

731部队全称满洲731部队（1941年8月使用此名），是日本侵略军细菌战制剂工厂的代号。731部队伪装成一个水净化部队。731部队把基地建在中国东北哈尔滨附近的平房区，建有占地300亩的大型细菌工厂。这一区域当时是傀儡政权满洲国的一部分。日本关东军第七三一部队，是日本军国主义准备细菌战的特种部队，在战略上占有重要地位。日本军人所谓的"小小的哈尔滨，大大的平房"，在某种意义上正说明了这一点。就其规模来说，实属世界上最大的细菌工厂。

们永远不会忘记那场让中国人民付出巨大牺牲的伟大的民族反侵略战争，永远不会忘记那些为反抗侵略抛头颅、洒热血的爱国将士。

在台湾，也将每年9月3日定为抗日战争胜利纪念日。

中国人民抗日战争的胜利，不仅是人民的胜利、正义的胜利，同样是全民族抗战精神的胜利！

习近平总书记强调，在中国人民抗日战争波澜壮阔的进程中形成的伟大的抗战精神：天下兴亡、匹夫有责的爱国情怀，视死如归、宁死不屈的民族气节，不畏强暴、血战到底的英雄气概，百折不挠、坚

忍不拔的必胜信念，是中国人民弥足珍贵的精神财富。

中国人民抗日战争的胜利，是中华民族由衰落走向振兴的重大转折点。从此，中国共产党领导中国人民取得了新民主主义革命的伟大胜利，建立了新中国，中国人民站起来了；经过社会主义建设，特别是改革开放，中国人民富起来了。经过艰辛探索，我们找到了一条实现民族复兴、国家强盛的中国特色社会主义道路。

2014 年 7 月 7 日，中国全民族抗战爆发 77 周年之际，国家主席习近平来到中国人民抗日战争纪念馆，同 1000 多名各界代表一起参加纪念活动。并发表了重要讲话。

【习近平总书记在抗日战争爆发 77 周年活动中的讲话同期声】

新的历史条件下，全党全国各族人民要大力弘扬伟大抗战精神，不断增强团结一心的精神纽带、自强不息的精神动力，继续朝着中华

民族伟大复兴的中国梦奋勇前进，不断以坚持和发展中国特色社会主义的新成就告慰我们的前辈和英烈！

抗日战争，波澜壮阔，刻骨铭心；
抗战精神，穿越历史，辉映未来。

雄关漫道真如铁，而今迈步从头越。当中华民族又一次站在命运攸关的历史关口，我们更加珍视艰难岁月中凝聚和指引全民族砥砺前行的伟大抗战精神。这种精神，过去曾经鼓舞英雄的中华民族冲破历史的惊涛骇浪，现在和将来也一定会激励我们开创无比光明的发展前景。让我们紧密团结在以习近平同志为总书记的党中央周围，为实现“两个一百年”奋斗目标，实现中华民族伟大复兴的中国梦不懈努力！

第二章 历史印记

九一八：不容忘却的记忆

沈阳“九一八”历史博物馆坐落在沈阳市大东区望花南街柳条湖立交桥的北侧，大型纪录片《东方主战场》摄制组一行走进了这座年轻的博物馆，看着一件件陈列品，仿佛回到了那个战火纷飞的战争年代，看到了中华儿女浴血奋战的血雨腥风……

以碑说史

从残历碑说起

残历碑是“九一八”历史博物馆的标志性建筑，因碑体造型酷似一本巨大而残缺的台历而得名。在碑面的右侧是1931年9月18日的日历，醒目地刻着“1931、9月小、18、星期五、农历辛未年、七、十三秋分”等文字，这里的工作人员告诉记者，其中的“七”字本应为“初七”，而“初”字被设计为一个圆形的

“九一八”历史博物馆标志性建筑残历碑

弹坑。碑面上还有许多类似的、大小不等的弹坑，这是累累弹痕的象征，向人们暗示着战争的爆发，同时也寓意着残历碑的残缺。

仔细观察残历碑，会发现在碑面的左侧刻着一段碑文，向人们讲述着那一天发生的、令所有中国人永远无法忘记的历史事件：“夜十时许，日军自爆南满铁路柳条湖路段，反诬中国军队所为，遂攻占北大营，我东北军将士在不抵抗命令下忍痛撤退，国难降临，人民奋起抗争。”

残历碑的内部为三层楼的建筑格局，从正面中间的拱形门进入一楼，迎面黑色大理石贴面的墙上刻着“勿忘国耻”四个大字，在字的上方刻着一残缺的圆钟，钟的指针永远指向 10 时 20 分，告诫人们永远不要忘记国难降临的那一天、那一刻。

在残历碑广场的西南角还悬挂着一座高 2.38 米、直径 1.6 米、重 4.2 吨的铜铸警世钟，钟裙上是呐喊的人体群雕，寓意着抗争和奋斗，每年的 9 月 18 日，这座警世钟都会被敲响 14 声，寓意东北人民浴血抗战的 14 年。

● 炸弹碑的由来

在残历碑广场的西侧，陈列着两块当年日本人建造的石碑，其中较大的那一块叫“九一八”事变柳条湖爆破地点碑，系当年日本关东军所建，原立于“九一八”事变柳条湖铁路爆破地。

博物馆的工作人员告诉记者，“九一八”事变后，日本关东军先是在所谓的南满铁路爆破现场设立了一个木牌，上面写着“昭和六年九月十八日支那兵线路爆破地点”，以方便对爆破点的指认，1938 年，为了炫耀其策划、发动“九一八”事变的赫赫战功，改用水泥建成此碑。

这座碑下窄上宽，至顶部分为三叉，造型酷似炸弹的尾翼，原立于一个石砌基座之上，基座正面刻着“爆破地点”，从远处望去，整个碑就像是扎入平地里的一枚炸弹，因此也被人们称为“炸弹碑”。

抗战胜利后，这座碑被推倒，也许日本关东军在立碑之时没有意识到，这座曾被他们用来炫耀的石碑却成为日后日本帝国主义阴谋发动“九一八”事变的一个有力实证。

不得不说的北大营

●“九一八”在这里打响

在沈阳大东区柳林街附近，有一处家属院，在这院子里，有三排平房与周边的建筑明显不同，普通的房屋是红砖青瓦，而这三排房子却是“青砖铁皮”。这里就是曾经打响“九一八”的北大营。

当年柳条湖铁路的爆炸声刚过，日军设在守备区营区内的24厘米口径大炮便开始炮轰北大营，与此同时，埋伏在北大营围墙外面的日军独立守备队第二大队的步兵也在炮火的掩护下，向北大营发起攻击。当时驻扎在北大营的是东北军独立第七旅。第七旅是东北军的一支劲旅，装备十分精良，全旅官兵约万人，驻扎在北大营的就有7000多人。当日军向北大营发起进攻时，第七旅参谋长一面命令部队进入预定阵地，一面用电话向东北边防军参谋长请示，而得到的命令却是：“不准抵抗，不准动，把枪放到库房里，挺着死，大家成仁，为国牺牲。”

于是在几乎没有什么抵抗的情况下，日军很快就攻入北大营，并完全占领北大营。被日军炮火破坏后的北大营已成残垣断壁，令人唏嘘。

令人尴尬的现状

如今，再次走进北大营，一种说不出的感觉冲击着记者的内心。在这里，记者见到了已经88岁的苏友老人，他在这里住了几十年，他向记者讲述了现在北大营颇为尴尬的现状。苏友老人说，大约十年前，北大营所在地的沈阳市大东区在城市改造过程中，拆除了北大营的兵营马厩，只剩下现在的三排平房。

苏友

由于历史变迁，北大营的历史痕迹存留下的已经不是很多了，现存遗址建筑为三排军营营房遗址，已被列为沈阳市不可移动文物。但还有一处重要遗址就是北大营弹药库遗址，并未得到有效的保护。

值得欣慰的是，目前沈阳政府已经开始着手对于北大营遗址的保护和居民的安置工作，相信不久的将来，住在这里几十年的苏友老人和他的老邻居们将离开北大营，住上他们梦寐以求的“新楼房”，而这处承载着厚重历史沧桑的地方也将会被重点保护起来，最大限度地恢复原貌，成为后人铭记历史的真实见证。

内心的摧残

一位老人的诉说

袁桂英老人今年81岁，她笑称自己是个“80后”，也许您不曾想到如此乐观的老人在童年的时候却遭遇了日本侵略者的奴化教育。“那时候我和姐姐都上小学，每天在学校，我们要向日本天皇的方向叩拜，学日语，学日本的礼仪……回想那段日子，虽然自己很小，但仍然能感觉到羞辱。”

日军侵占东北后，对东北原有的学校教育进行疯狂的破坏和摧残，竭力建立以愚民奴化为核心的殖民主义教育体系，各类学校均强制实行“皇民化”教育，其内容包括强制师生每天必须向日本天皇、伪满皇帝遥拜，唱伪满国歌等，另外定日语为国语，在各年级推行日语教育，此外，还驱使中小学生做各种摧残身心的繁重劳动。

与此同时，日本侵略者一方面严禁带有中国民族意识和反满抗日内容的书刊流行和传播，并禁止关内36种报刊进入东北，另一方面大量引进日本的电影、图书、报刊。在“九一八”历史博物馆可以看到印证袁桂英老人所讲述事件的陈列品，比如“日满一德一心”笔盒和宣传“民族协和”的日满日历。

侵略者的下场

历史的审判

新中国成立后，我国政府分别在沈阳和太原两地组织特别军事法庭，对由苏联政府移交我国的近千名日本战犯进行了审判。在位于沈阳的特别军事法庭纪念馆，记者也感受了当年审判时的氛围。

据这里的工作人员介绍，1956年6月9日至19日，沈阳特别军事

当年沈阳特别军事法庭外观

法庭对日本前陆军117师团中将师团长铃木启久等八名战犯进行审判。铃木曾于1942年10月指挥所属部队在河北滦县潘家峪戴庄残害无辜平民1200人。除此之外，特别军事法庭纪念馆还还原了当年审判古海忠之受审时的场景，溥仪作为证人出庭作证，古海忠之等27名战犯共同接受审判。

虽然日本战犯在侵华战争中犯下了不可饶恕的罪行，但中国政府考虑到中日两国人民的友好关系，在对日本战犯进行人道主义改造后，给予了宽大处理。特别军事法庭纪念馆的工作人员说，审判后被判刑的日本战犯被送往抚顺战犯管理所，它的前身是日本侵略者修建的抚顺典狱，是他们囚禁、迫害我爱国同胞的杀人魔窟，但在日本战犯来到这里之前，这里进行了大规模的改造，过去阴暗、潮湿的囚室都安上了又大又明亮的玻璃窗，并增设了暖气，同时还增设了运动场、舞台、图书阅览室等。

以德报怨的胸怀

在“九一八”历史博物馆有一个特殊的铜碑，是由1450名“二战”遗孤自发捐资筹建的铜碑——感谢中国养父母碑。它的主体是一对朴实无华的中国农民夫妇手里领着一个可爱的小男孩，母亲慈爱地俯视着孩子，孩子依恋地仰望着母亲。

如果不经解说员讲解，也许我们无法想到这个小男孩其实是一个日本战败后被遗弃的日本二战遗孤。当年，日本战败，大约有五千多名这样的日本孤儿被遗弃在中国，他们举目无亲、无依无靠，是善良的中国百姓向他们伸出了慈爱之手。

1999年8月20日，“九一八”历史博物馆为这座感谢养父母碑举行了隆重的揭幕仪式，一百多名日本“二战”遗孤代表重返中国，与来自东北三省15个家庭的中国养父母共同为铜碑揭幕，很多年过半百、两鬓斑白的日本遗孤面向铜碑长跪不起、痛哭失声。

走进“九一八”历史博物馆，在感受那段历史的残酷与真实的同时，也激发了国人以史为鉴、面向未来的信念。这一定会激励中华儿女奋勇向前，也一定会彰显和平的力量。

（《中国电视报》记者司楠）

涂充：战火岁月　无悔青春

徐充

“我们的国歌《义勇军进行曲》第一句是：‘起来！不愿做奴隶的人们！’我就是不愿做奴隶的人们中的一个。”坐在记者面前的是一位气宇轩昂的新四军老战士，他叫徐充，今年 92 岁，党龄已有 74 年。

上小学时，因为日本空投的一颗炸弹落在身边，让徐充燃起了抗日斗志，18 岁加入中国共产党，走上革命道路。他曾担任粟裕司令部作战参谋，与战友们出生入死，迎来了最终胜利。如今，他的眼睛虽然已经失明，但讲起自己所经历的那段战火岁月，依然历历在目，记忆犹新。

小学遭遇日本空投炸弹

1923 年 12 月 30 日，徐充出生在上海。读小学时他经历了日军的一次轰炸。“那一天课间，我们看见天上有一架飞机远远地飞过来，那时候飞机见得很少，大家都觉得很新奇。没想到飞机上突然扔下来一枚炸弹，‘砰’的一声就在离我们不远处爆炸了，我们一群小学生吓得四处逃散。”徐充说，从那之后，他几次逃难，1932 年，“一二八”事变，他进过难民收容所；1937 年抗战全面爆发，8 月 13 日日军打到上海，他再次被迫离家。

“小学时老师教过我们一首儿歌，我现在都记得很清楚：日本人不讲理，杀我同胞夺我地。小朋友快快来，打倒日本出口气。”徐充说，那时候对日本人的仇恨很强烈，抗日的意识很早就形成了。“除了发动战争，日本还对中国进行经济侵略，当时来自日本的布、肥皂、香烟等‘东洋货’充斥市场，我们小学五六年级的时候就开始抵制日货。”

中学时，徐充接触到学校里的共产党秘密组织，“在他们的启发下，我读进步书籍，唱进步歌曲，还去慰问过曾率‘八百壮士’在四行仓库喋血奋战的抗日英雄谢晋元团长。”徐充说。那时候拿个小册子请谢晋元题词，谢晋元只题了八个字：“敢死不死，想生不生”，而这八个字从那时起，就深深地印在了他心里。

1941 年 12 月，太平洋战争爆发后，日军侵占上海租界。那一年，徐充加入了中国共产党。

第一次参加战斗只有三颗子弹

1941 年 5 月，徐充进入中国人民抗日军政大学学习，担任班长。在那里，他学会了打枪、射箭、投弹，“手榴弹要投 20 米以上才能保证自身安全，当时最厉害的同学能投六七十米，我练到最后，最远能投 40 多米。”徐充说，那时候子弹很少，学习期间用子弹打靶只有一次，他十弹九中。

“我第一次参加战斗是在盐城东边一个小镇，那里有日本鬼子和伪军的据点。当时军部要转移，我们的任务是在据点附近牵制住敌人。”徐充说，那次任务中他只有3发子弹，当时负责先头进攻的是另一个排，徐充和战友们先卧倒等候命令。战斗打响后，敌人的探照灯就照过来了，他们伏在地上一动不动，“那时候开枪是要等命令的，命令上子弹就上子弹，命令开枪再开枪，不像很多影视剧中演得那样，拿起枪就打，我们没有那么多子弹。”不久，一个排长受伤了，连长命令徐充护送他去后方进行救治，所以徐充参加这次战斗不到半小时，还没放枪就结束了，但他由此从一名青年学生转变为革命军人。

此后，徐充参与了多场战斗，“我们当年主要是靠游击战、夜战、近战、袭击战等。近战是指近距离作战，碰到敌人，手榴弹一扔，爆炸后就冲上去；袭击战是指通过袭击、埋伏、迂回包围的方式与敌人战斗。”徐充印象最深的一次袭击战是在二窎镇附近的谢家渡，“当时日军机枪、炮很齐全，我们火力不如他们，就在河的一边埋伏着，趁敌人过桥的时候发起袭击，那一次歼灭敌人几十个，大队长保田中佐也被我们打死了。”徐充说，他们之后把这具尸体送到城里，日本军官还给他们写了一封信，信中提出不要打暗战，要求正面开战。徐充觉得很可笑，作为双手沾满中国人鲜血的侵略者，有什么资格提出这种要求？

战争中留下的“酒窝”

新四军在战争中牺牲是巨大的，有太多人受伤甚至牺牲生命，徐充的一个同学在江南抗日义勇军，有一次行军中他发现前方有敌人，就回头叫班长。结果一颗子弹击中并打穿了他的脸部，牙齿都打掉了。后来，脸上的伤痕也伴随了他一辈子。“我们还开玩笑说，战斗给他留下了两个酒窝，把他变漂亮了。这位同志现在在武汉，我们经常打电话联系，但是他现在有点‘老年痴呆’了，有时明白有时糊涂。”徐充说，还有一个跟他非常要好的同学，当年在扬州被敌人打中腹部，“那时候医疗条件有限，他流血过多很快就牺牲了。”说到这儿，徐充的声音颤抖着，眼中满是泪水，他说：“实在抱歉，我有点控制不住情绪。”

1941 年 12 月，徐充在抗大九分校的校部工作，他又一次看到了身边同志的牺牲。那天，刚刚到达宿营地，徐充就开始做纪念“一二九”的墙报，“我正在做墙报的时候，听到外面打起来了，就赶快拿起油印机保护好。当时我们校部先转移，在阵地上留了一个班掩护，可是在我们成功转移后，去传达消息的通讯员在路上牺牲了，所以这一个班的同志因为没接到撤退命令，一直坚持与敌人战斗，直到全部牺牲……”徐充说，这次战斗中，一个指导员和二十几个战士都离去了。

反“封锁”的奇招妙计

说起当年开展的反“封锁”战斗，徐充表示新四军有很多妙计。比如，他曾动员群众一起破坏敌人建的公路，“那时候不是柏油路，都是泥土路，我们就在路上挖比敌人的车轮子还要大的坑，两边都是坑，敌人的汽车是开不过去的，而我们的自行车却可以从中间通过。”

徐充说，当地河流很多，桥也不少，后来就把桥都拆掉，在水下打暗坝，表面上看起来都是水，新四军和老百姓却可以从上面走过。“敌人不知道暗坝存在，而这个暗坝还有一个作用，由于敌人的汽艇吃水要深一点，他们开到这里就开不过去了，而我们做的小船是平底的，到这里可以把它拖过去继续走，老百姓都说这种暗坝是‘新四军的公路’。”

过铁路封锁线更是需要斗智斗勇，“我们一般都是晚上悄悄地过，但经常有铁甲车巡视，探照灯到处照，铁路两边还有通电的铁丝网，一碰就会触电，所以特别困难。”徐充说，当年的新丰车站是伪军据点，其中有大概十几个日本人，其余都是伪军。“在我们要过封锁线的当天，地下党事先做好工作，让秘密党员跟伪军头一起请日本人吃饭，吃了饭再带着出去玩，站岗的都是我们的人，这样我们就能过去。在通过带电铁丝网的时候，我们用门板把上面顶起来，下面压住，人从中间钻过去。”

铁的纪律让百姓信服

徐充说，其实最初老百姓并不了解新四军，日本特务和国民党都造谣说共产党“杀人放火”，后来新四军用行动证明了这是一支人民的队伍，逐渐和老百姓成为一家人。“有一次我们夜行军，到达一个村庄已经半夜了，领导派我们几个人到村庄里去借房子。我敲了一户人家好半天，门才开一条缝，一个老太太伸出头看了看，我说我们是新四军，想借房子住一下。进去后发现房子蛮大，不知为什么就老太太一个人。”

第二天早上，徐充和战友们一起来就按照纪律挑水、打扫卫生，这让老太太很吃惊。白天，村庄里慢慢人多了起来，徐充这才得知，原来之前村里人听说有部队要来，都躲到山上去了，后来见这支队伍没有作恶，人们才敢下山。这时候，老太太家也回来了一对中年夫妻和一个十几岁的孩子。“女主人说看我长得蛮和气，问我为什么加入了‘杀人放火’的队伍。我说：‘你看我和借住的几个同志像不像这样的人？’她说：‘都不像。’我说：‘你受骗了，共产党不是你所听说的那样。’她笑着点了点头。后来撤离时，她的儿子还提出要加入我们的队伍。”

“还有一次是1943年年初的春节，我们到一个村庄时天还没亮，为避免打扰百姓，我们就在外面靠着墙睡。天亮了，村民们一开门，看到这样的情景很感动，马上请我们进家里。”徐充说，新四军的纪律很严格，尽量做到不打扰群众，他们离开一个地方之前，还会专门挨家挨户去问：稻草有没有铺好，门板安没安好，借的东西有没有还，损坏东西有没有赔……

用独特方式给党过生日

抗战期间的条件很艰苦，但即使在最困难的条件下，新四军也没有放弃文化生活。1942年7月1日党的生日那一天，徐充所在的抗大九分校，白天政委作了报告，晚上大家一起开晚会。“当时我们周围都是鬼子的据点，三五公里就有一个，怎么办呢？我们就派出四个游击小组，带着枪，到那些据点扔两个手榴弹、开几枪，东西南北都是这个样子，分散鬼子的注意力。”徐充说那时候没灯光就用蜡烛，没有幕布就用“人幕”，“几个战士排成一排，从中间分开，然后朝两边走下去，就算是幕布拉开了。”

抗战后期，新四军一师过江到了天目山一带，“中央让我们往南向浙江一带发展，任务是收复上海、打到南京，配合盟军的登陆。”徐充还记得抗战胜利那天，战地文工团在演一个戏叫《前线》，是苏联作家柯涅楚克的作品，戏里有一个人物叫客里空，爱讲空话，“我们在休息的时候还在开玩笑，说‘说话可不要客里空’，这时候突然得到消息：抗战胜利了！日本宣布投降了！当时还真有点不敢相信！”徐充说，这个消息真是太振奋人心了，那一刻，很多人激动地掉下了眼泪，抗日战争终于获得了最后的胜利！

后记

结束对徐充老人的采访，我的耳中始终回荡着《国歌》的旋律，于是闭上眼睛，认真地在心中唱了一遍。这首从小唱到大的歌曲，此刻再次震撼了我的心。生在和平年代的我们，没有理由不去探寻和铭记那段“血肉筑成我们新的长城”的历史。

（《中国电视报》记者王晶）

陈汉文：见证阿部规秀被击毙

陈汉文

“阿部规秀就是坐在这里被炸死的！”81岁的陈汉文情绪激动，边说边用拐杖指明了具体位置。作为目击者，老人不仅讲述了当年的所见所闻，还揭开了阿部规秀被击毙几年后，包括父亲在内的亲人们被日军报复性屠杀的惨痛记忆。

房子被日军强占为指挥部

1939年11月7日，日军所谓的“名将之花”阿部规秀中将在河北省涞源县黄土岭地区，被八路军晋察冀军区第一分区杨成武部用迫击炮击毙，这是抗日战争中八路军击毙的日军最高级别将领。而阿部规秀被击毙的地点，就在陈汉文家。当时，埋伏在白脸谱山上的八路军看到一处院落有日军进出，判断是日军的指挥部，并不清楚里面还有村民。而炮弹最终炸死了包括阿部规秀在内的十几个日本军人，却没有伤到一个中国人。

据陈汉文讲述，当天得知有日军要到村子中来，一家老小都外出逃难，不料竟在路上遇到了阿部规秀的部队。于是，一家人被日军抓住，房子也被强占为作战临时指挥部。当时的陈汉文只有 5 岁，他并不知道面前这个面露凶色、穿着呢子军大衣的高个军官就是阿部规秀。他们一家 18 口人被围堵在屋里的土炕上，他坐在十分惊恐的奶奶怀中。“印象中那个日本军官比其他士兵个子要高一些，他带了两个士兵一起进屋，其他人都等在院子里。进屋之后，门也没关，把我们全家人赶到炕上，他们就在地上支了个桌子。”

看到日本军官倒在面前

陈汉文回忆，那个日本军官随后拿出一个匣子放在桌上，“现在想想应该是无线电台，他对着那个匣子‘乌拉乌拉’说了一通日语，我们也听不懂说的是什么。”就在这时，陈汉文忽然听见“轰”的一声巨响，紧接着房上掉了很多土，好像地震一样，院子里也乌烟瘴气。陈汉文说，当时什么也看不见，稍过了一会儿，尘埃落定，一家人才发现那个日本军官已经倒在地上了。

“我们当时也不敢动，就在炕上看着，日本兵们都慌了，急忙往屋里跑，没顾上抬担架，也没有找医生，他们扶起这个军官背上就往外撤，还有人跟在后面抬着腿。”陈汉文后来才得知这个军官就是阿部规秀。其实当时炮弹落在了院子里，由于屋门没关，炮弹的碎片飞进屋里，正好击中了阿部规秀的腹部和腿。而因为窗户有毛毡子挡着，陈汉文一家 18 口人坐在炕上反而一点都没伤到。“之前有人说院子里的狗被炸死了，其实没有，而是日本人带来的一头驴，驴的背上还驮着东西，被炸得流了一摊肠子。”

遭受突然袭击的日军匆忙逃走，陈汉文一家觉得大快人心。不料，几年后日军卷土重来，进行了报复性扫荡，杀害了108位村民，陈汉文的父亲和三爷爷就在这场惨案中死在日军刀下。

父亲惨死在日军刀下

陈汉文的父亲陈云堂当年是村子里游击组的组长，负责给村民们站岗放哨，那一天雨下得很大，日军突然袭击，陈云堂还来不及报信，就被抓了起来。陈汉文讲述，父亲被抓后，日本人挨家往外叫人，叫出来就捆上带走，之后把所有人都关到一个屋子里。当时村民们想办法一起逃走，但有一些人不幸被抓了回去，其中就包括陈汉文的父亲和三爷爷。

到农历十月初十那一天，日军用刀集中杀害了108位无辜村民，每杀一个就扔进事先挖好的大坑中。日本人走了，陈汉文的家人才去寻找亲人尸体，“坑里的人太多，寻找起来特别困难，我奶奶知道我父亲身上有一块疤，这才辨认出尸体。”陈汉文说，父亲被捅了13刀，而他的三爷爷被捅了十七八刀，几乎全都穿透了，身上渗满了血。亲人们把父亲和三爷爷的尸体抬回来，含泪埋葬了。

据陈汉文讲述，除了这次大规模的屠杀，日军在村里烧杀抢掠都是常事，那时候人活着没有一点保证。“我有个叔叔比我大两岁，当年他们一群小孩拿着镰刀出去割柴，日本鬼子的飞机上扔下来一个包，他们不知道是什么，就用镰刀戳了一下，结果爆炸了，当时就炸死了两个孩子，我叔叔的肠子都炸出来了，抬回家当天也死了。”陈汉文回忆，村里还有个姓赵的老头穿着袄走在路上，他兜里装着核桃和枣，边走边伸手去掏，结果被迎面而来的日本士兵看到了，举起大刀，一刀砍在老头的脖子上，当时老头就身首分离了。

后悔自己当年没当兵

因为自己是独生子，陈汉文当年没能加入八路军，这是他非常后悔的一件事。“那时候，独生子一般是不参军的，因为在那种危险的情况下，有可能今天去了，明天就牺牲了，这样家里的老人没法生活。”

抗战胜利后，陈汉文一家的生活越来越好，1987 年杨成武将军还曾来到这个小院看望陈家人，并与老人合影。那张照片至今都被陈家人镶在相框中，挂在家中最显眼的位置。近几年，陈汉文的女儿们经营的农家院生意不错，老两口经常住在县城的女儿家，条件更好了，但老院子他们一直保留着，他经常在院子里为人们讲述那段历史。

陈汉文的女儿陈兰英说，父亲最爱看抗战剧，可是每次看都会勾起那段记忆，老人经常看着看着就哭了。陈汉文告诉记者，亲身经历过那场战争，更知道珍惜现在的幸福生活，但同时，他更希望现在的年轻人能够了解和铭记那段苦难的历史。

（《中国电视报》记者王晶）

魏映祥：我守的不仅仅是一座墓

魏映祥

抗日战争时期，苏联飞行大队长库里申科来华同中国人民并肩作战，英勇牺牲在中国大地上。以重庆万州民兵魏映祥和他的母亲谭忠惠为代表的万州人民，给这位苏联英雄守了半个多世纪的墓。而此前，《东方主战场》摄制组辗转来到万州，采访到了魏映祥。

英雄长眠于此

1939年，库里申科和考兹洛夫率两个轰炸机大队来华，援助中国人民抗日战争。1939年10月14日，库里申科接到作战命令，出击日军某军事基地。编队飞临武汉上空时，遭到日军机群的拦截。经过激战，6架敌机被击落。但他的飞机也遭到重创，仅以一个发动机沿着长江向驻地返航。谁也没想到，在到达万州上空时，机身失去平衡。为避免坠机伤及百姓，库里申科用精湛的技术将飞机迫降在长江水面，自己却献出了年轻的生命。

如今，英雄长眠于长江畔的重庆万州区西山公园，而谭忠惠、魏映祥母子也从1958年开始为库里申科守了五十七年的墓。今年，魏映祥已过花甲之年，他的母亲谭忠惠更是年近九旬。可魏映祥说，母亲虽然年纪大了，但一直很挂念库里申科墓，经常交代他要把英雄墓看管好，还要在里面多种树。

● 记住这份恩情

当年，谭忠惠的家离飞机坠落的江面只有大约2公里的距离。从那时起，谭忠惠的父亲就经常跟她讲起那些场景，并告诫她："一个外国人为咱们中国人的和平而牺牲，我们要永远记住这份恩情，记住库里申科。"

1958年，政府决定将位于太白岩下的库里申科陵园迁至西山公园。在西山公园工作的谭忠惠听到这个消息，再想起父亲的告诫，于是主动请缨，开始了为库里申科守陵的工作。那时候，只有几岁大的魏映祥就坐在母亲的背篓里，将母亲的一举一动看在眼里，记在心上。他说："二十年来，我母亲几乎每天都要重复三件事：擦拭英雄的雕塑和墓碑、清扫烈士陵园的每个角落、修整园内每一株花木。我从没听她抱怨过一句。"工作之余，谭忠惠会反复把英雄的故事和父亲的告诫讲给儿子听。渐渐地，烈士的形象在魏映祥心里清晰起来，对军人和军队的向往也越发浓厚。

1977年，谭忠惠已为库里申科守墓二十年。眼看就要退休了，她前思后想，决定把这份艰巨的任务交给小儿子魏映祥。

● 守住和平的梦

问起魏映祥这三十多年的守墓感受，他说："我一直认为我们只是做了很普通的事情。而且现在这些事情对我来说早就习惯了，已经成为生活的一部分。”魏映祥坦言，三十多年前，自己刚接手母亲工作时，也还是个年轻人，期间难免有过动摇。日晒雨淋，每天都要到这里来照顾，工作内容普通又单调。后来，母亲经常做他的工作。“我母亲说，你能在平凡的岗位上做出不平凡的事，那才是本事，你干一行就要爱一行。我后来想想也是这么一回事。母亲年纪大了，这件事情交给其他人做她也不放心，也只能由我来做。我也不想母亲担心，那就一定要把这件事做好。后来，就成了习惯，慢慢喜欢上了这份工作。”

2010 年 9 月，在中央电视台与俄罗斯国家电视台共同合作的跨国电视栏目《等着我》中，穿越几十载光阴，魏映祥见到了库里申科的外孙。“您外公的陵墓我们一直保护得很好，请放心！”没有任何赘述，老魏脱口而出的话语朴实而真诚。这看似简单的承诺深深地触动了所有人的内心。魏映祥说，对他而言，自己守的早就不仅仅是一座英雄的陵墓，还是一个承诺、一份报恩的心，更是一个和平、和谐之梦。

（《中国电视报》记者李冰）

高原：还原历史的见证者

高原

87 岁的高原是重庆大轰炸幸存者，在那场轰炸中，他家共死伤 8 人，财物损失惨重。今年 5 月底，记者来到高原老先生位于重庆渝中区的家中采访。一进门，便看到每个房间的墙上都整齐地挂满了照片。其中，客厅侧墙挂着一幅大约 A4 纸大小的单人照，上面有个穿裙子、戴草帽的小姑娘。高原指着照片，眼神哀切，似喃喃自语般说："我小妹妹特别可爱，很漂亮，那时候数她嘴巴甜，很讨人喜欢的，她就是被炸死的，现在已经去世 75 年了……"

接连轰炸：全城陷入一片火海

"我们家曾三次受日机轰炸，前两次只有财产损失，第三次死伤 8 人，另外还有 6 名工人遇难。"高原老先生说，高家第一次被炸是在 1939 年 5 月 3 日。"我父亲有栋十层的楼房，这栋楼下面是个印刷公司，听父亲说里面有台刚从国外买回来的机器，价值 10 万银元，一场轰炸全部报废了。”

高家第二次被炸是1939年5月4日。高家时居的老宅位于那时重庆最繁华的商业中心。在5月4日这天，这个繁华商圈亦是轰炸目标，轰炸过后，几乎被烧得精光。

高原说，这两次轰炸对于他家来说，只有财产上的损失，但是在他的印象中，重庆已然处于水深火热之中，全城几乎陷入一片火海，满街都是无家可归的难民。“满城都是撕心裂肺、凄惨的哭喊声，到处是尸体，断手断足；树枝上、电线上、房檐上挂着遇难者的肠肠肚肚，满眼的惨状。”

痛失幺妹：一辈子忘不了的惨状

在经历了1939年两次大规模轰炸后，高原的父亲决定把家搬到相对偏僻的江北一处住所。那也是个很大的花园，有上百亩，四周都是一二十米的土墙。之所以选择住在这里，是因为江北当时人烟稀少，而轰炸大多集中在人口稠密、商业经济繁华的市区。尽管如此，高家还是特意修了个扎实的防空洞以备不时之需。

高原的九妹

然而，1940年7月31日，家人正在午休，空袭警报响起，90多架日军飞机准备分三批轰炸重庆。日军飞机一般从江北飞到复兴关，再到南岸，然后回头从朝天门那里找目标投掷炸弹。谁知道这一天他们刚走到复兴关看到了等候在那里准备反击的中国战机，于是赶忙调转方向回撤。

“要知道那些飞机上装满了炸弹，所以飞得又低又慢。为了不影响撤退速度，他们就在掉头回来的途中把炸弹扔在了江北。我家一百多亩的园子里就落了7颗重磅炸弹啊！”高原说，自己当时和哥哥躺在床上，哥哥先反应过来，他也立即跳起来，哥儿俩背起75岁的祖母就和家人往花园的防空洞跑，途中他的脑袋和手被震碎的砖瓦伤到皮肉。进了防空洞，他才看到八弟的胳膊已经被炸弹弹片打穿，母亲的右腿也被炸得血肉模糊。“为母则强，她好像都不知道疼，抱着八弟生生跑进防空洞，白色的旗袍被血染红了大半。八弟的头垂着，手上血流不止，看样子就不行了。六姐伤得也很重，手和脚都坏了，现在六姐91岁了，这么多年只要天气不好，她手脚都钻心的疼。”一家人聚集到防空洞中，却并没有劫后余生的喜悦，他们突然意识到九妹不见了。说到这里，高老抑制不住地“呜呜”哭起来，边哭边说：“我们找了很久，后来才发现她被埋在废墟里，脑壳上有个弹片，鲜血、脑浆混着灰尘，满脸都是。那么可爱、那么漂亮、那么活泼的小妹妹就这么没了。我一辈子都忘不了啊！”

● 只要活着：就要坚持讨回公道

1995年抗战胜利50周年时，高原将自己的亲身经历写入抗议书和索赔书邮寄给了日本《读卖新闻》，从此开始了自己的漫漫抗争之路。

2000年元旦的时候，高原带着抗议书和索赔书来到了重庆日本领事馆。日本领事退回了抗议书和索赔书，并称对轰炸造成的灾难表示遗憾，但不会给予任何赔偿。高原说，在重庆大轰炸长达5年半的时间里，人们都在恐怖中生活，谁也不知道明天会是什么样子，因为随时都可能面临死亡。日军对重庆的轰炸是无差别轰炸，受害的主要是手无寸铁的老百姓，日本政府应该为此承担责任。“我只要活着，就还要向日本抗议和索赔，为受害者讨回公道。”

高原于 2002 年参加了“重庆大轰炸”受害者原告诉讼团，并成了首批对日诉讼原告团团长。诉讼团成员和高原一样都是大轰炸的受害者。然而，时间过去这么多年，亲历者也一个个离世。

记者一行人来到高原家中时，高老正端着一个瓷杯在喝中药。他见记者好奇，把杯子递过来让记者闻，笑眯眯地说：“难喝得不行，可是每天都要吃。我年初还有 180 多斤，你看现在只有 140 斤了。”听老人的儿子说，今年上半年，老人家生了场病，一直慢慢地调养，现在总算恢复起来了。高老语气坚决地说：“我一定得争气，多活几年，享受现在的好日子，也等着我们诉讼成功的到来。”

（《中国电视报》记者李冰）

蒋万锡：这是我一生的伤痛

蒋万锡

亲历过重庆大轰炸的蒋万锡老人如今已84岁高龄。老人退休前在重庆三峡博物馆工作，做过考古工作，也凭借着自己的专业，着手调查、整理、搜集与重庆大轰炸、“黑石子”万人坑有关的历史资料。蒋老先生说：“现在听到电视剧里拉的警报声，我仍然感到很揪心，这是我心里一辈子的痛。”

从未料到市区被炸

蒋万锡在家排行老二，上面有一个大哥，比他大七八岁。在他4岁时，父亲就因病去世，母亲一手将兄弟俩拉扯大。抗战前后，蒋家住在校场口草药街，家里靠经营一个家具店为生，大哥小学毕业后就在店里帮忙。一家人过得虽不富裕，但也算安康。

后来，蒋万锡上了小学，读一年级。大哥也在这一年结婚了。1938年5月，日军开始轰炸重庆郊区的机场、军事驻地。“在此之前，我们都没见过飞机。人们都认为，郊区的机场被炸，离我们挺远的，虽然害怕可从没想过日本人会炸到市区来。”谁知1939年之后，日军开始对重庆市区展开大规模集中轰炸。在蒋万锡的印象中，日本飞机一来，市区会拉防空警报，声音凄厉，“第一次轰炸时，谁也没想到，商店还在正常营业，国泰电影院还在放电影，甚至一些市民还跑出来看飞机长什么样。”直到看见炸弹落下，人们才意识到不对劲，四处躲避。“日本人的飞机飞得很低，低到你能清清楚楚地看见上面的飞行员。”蒋万锡说，1939年5月3日、4日的轰炸最惨，日军先是丢爆炸弹，将所有房子炸塌，然后再投燃烧弹，当时房子全是砖木结构，一片火海。

蒋万锡感慨道：“现在想想，我们重庆人很值得佩服。无论你怎么轰炸，只要我们还活着，只要今天的轰炸结束了，我们就继续努力生活下去。那年7月，我家房子也被炸了，大部分货物受损，修整了半个月后才开门。”

● 兄嫂惨死防空洞内

1940年，重庆一些大的防空洞相继完工，日机一来就有防空警报，人们听到警报就开始往防空洞跑，伤亡有所减少。离蒋家较近的防空洞是校场口磁器街的大隧道防空洞，据说里面可以容纳几千人。警报一响，蒋万锡的大哥就背着他，拉上妻子和母亲，一起去防空洞避难。后来，蒋母看日军的轰炸没个头儿，便决定将蒋万锡送到郊区的舅舅家。“我母亲说，家里只有兄弟俩，万一一个人有事，至少还可以保全一个。”万万没想到，蒋母一语成谶。

1940年6月6日，住在舅舅家的蒋万锡听人说，大隧道防空洞出事了，死了好多人。蒋万锡一听急忙往市区跑。他赶到防空洞，先看见了母亲，却又听母亲说，大哥大嫂还在里面，没出来。人们开始从洞里往外拉尸体，一排排放在防空洞口，每个人脸上发紫，明显是被闷死的。“那天下午，我大哥和大嫂被人抬了出来，他们俩脸都是发紫发青，大哥的鼻孔和嘴都出血了，身上全是泥土，还有被踩的脚印，头发也被踩掉一块。我喊他名字，怎么喊都不答应。我大嫂也是一样，她那时才 18 岁，还怀着 8 个月的身孕。”蒋老回忆起那时的情景，久久没再开口，含着眼泪愣一会儿。

后来，他从母亲口中得知，1940 年 6 月 5 日傍晚，日本飞机再次突袭重庆，和平常一样，人们听到警报开始往防空洞跑。大哥要带全家去防空洞，蒋母因为是小脚，行动不便，怕拖累孩子，便坚持不走，只让大儿子快带着儿媳和未出世的孙子去安全的地方。不成想，这竟成了他们的诀别。

终于等到日本投降

大哥死后，母亲精神受到刺激，经常说胡话，家具店也无法再开下去。他们母子俩只好再次投奔乡下的舅舅家。“我很想念大哥，但又不能说。那一年，我们是在极度痛苦中度过的。”蒋万锡说。

1942 年后，因为美国飞虎队的参战，日军轰炸次数渐渐减少。重庆慢慢恢复了平静，蒋万锡和母亲又回到市区。“1945 年 8 月 15 日下午 5 点，我和母亲在家里，突然听到街上声音很大，有人大叫：‘号外！号外！日本投降了！’我冲出去，街上全是人，都在大呼：‘投降了！’母亲也出来了，喊了几声‘安静了、太平了’，然后泪流满面。”蒋万锡说，那恐怕是他人生中最开心的一刻。

可无论如何，当年震耳欲聋的轰炸声、凄厉的警报声永远无法从他脑中抹去。这几十年，他总会想起大哥背着他，拉着嫂子和母亲一起躲避轰炸的场景，继而想起那痛彻心扉的一幕，伤痛至今犹在。

（《中国电视报》记者李冰）

郭德和：在敌人“眼皮底下”剪电线

郭德和

“我们连一共有四个排，我所在的是电话排，主要任务是给指挥机关安电话、拉线，和下面的连队建立联系。走的时候还要扯线，跑步追赶部队，工作很紧张。”

今年 91 岁的郭德和当年参加八路军时，是贺龙部队 120 师特务团通讯连的一名战士，主要搞信息侦察工作。

● 十来个蚕豆就当一顿饭

在百团大战期间，郭德和与战友们大概有一个月的时间主要任务是破坏敌人的通讯，也就是把电线切断。那时候他们每天晚上都出去切一段，一共大约 15 公里的距离，郭德和与战友们分成两个组，从两边同时切断电线。因为那时候电线比较缺乏，这样做不仅能切断敌人的通讯，剪下来的电线缠起来还可以继续使用。“电线可粗了，有时候剪不断，我们就用石头硬把它砸断，然后把电线缠好藏起来，找当地老乡拿杆子穿起来送到后方。”郭德和讲起这段时光，显得有些激动，“我们几乎是在敌人‘眼皮底下’剪电线，敌人电话不通了，就会拿着手电出来检查，这时候我们就钻到山里躲起来，因为天黑，他们很难发现。”

郭德和说，他们通常是晚上行动，早上五六点钟天快亮的时候收工，然后找个村子睡觉，“我们不惊动老百姓，到厂子里往机器下面一钻就睡着了。醒来后找到什么吃什么，老乡看到我们也会给一些粮食，我们最常吃的是煮高粱、蚕豆，有时候十来个蚕豆就当一顿饭了。”

1940 年八九月，郭德和所在的队伍完成了这项任务，接到转移的命令，转往兴县、陵县地区。“1941 年春节，我们是在兴县的一个小山村度过的，那时候吃的东西很少，我们就用豆子当家，豆腐、豆芽、豆面窝窝，整个春节都在吃豆子。”郭德和笑着说。

● 用裤子背粮食

1941 年，郭德和进入中国人民抗日军政大学，被分配到测绘队学习测绘，那时候他 17 岁，正是生长发育的时候，由于营养跟不上，身体一直不太好，还得了夜盲症。“我晚上什么都看不见，所以不能再继续从事测绘工作了，就调出来分配到一个后勤机关，帮商店运送供应部队的物资。”

讲起这段经历，郭德和说真是艰辛，“背粮食没有袋子，我就把裤子的两个裤腿扎起来，装上粮食以后再把裤腰扎起来，一边一个裤腿搭到肩膀上背着。”那时候部队晚上招兵要用到煤油灯，煤油很紧缺，有一次部队进行转移的时候，车上拉着一桶煤油，因为河塘里有石头，颠簸之后煤油漏了一些，郭德和看着心疼，就把煤油桶背了起来，这样漏得少一些。“当时我背了七十多公里，皮都磨破了，背部受伤严重。

那些日子每天晚上都疼得睡不着，一个多月才有好转。”

郭德和说，能吃苦的不止他一个人，那时候大家好像都有用不完的劲儿，“当时商店里日用品也特别缺乏，尤其是纸，负责管理商店的主任是个来自东北的大学生，有一次他在陵县买了一大包纸，从陵县一直背到兴县，足有五六十公里的路程。”

（《中国电视报》记者王晶）

季凌：亲身经历两次反扫荡

季凌

“日本人采取扫荡、清剿、清乡、封锁的方式，想把新四军扼杀，然后占领我们的根据地，所以我们进行了坚决的反扫荡、反清剿、反清乡、反封锁斗争。”见到季凌时，他刚刚参加完抗大（中国人民抗日军政大学）九分校纪念抗战70周年座谈会。这位新四军老战士向记者讲述了自己亲身经历的两次反扫荡斗争。

小船摆渡帮大忙

“敌人扫荡时一般在兵力方面有绝对的优势，因此我们部队采取分散、游击的方式进行斗争。”季凌回忆，第一次经历反扫荡斗争时，他在新四军的战地服务团，相当于现在的文工团。那时候军分区机关为了缩小目标，让战地服务团单独行动，由于武器紧缺，战地服务团四五十个人，只有团长有一把手枪。一天清早，他们看到东、西、南三个方向都出现了小降落伞，“这是日本部队的联络信号，说明敌人已经从三面进行包围了，而当时北面是一条大河。”季凌说，他们很快就听到枪声传来，情况十分危急。

“当时我们新四军在根据地建立了各种组织，有青年抗日协会、农民抗日协会、妇女抗日协会等。农民抗日协会会长一看我们部队被包围了，就马上出主意让我们赶快向北边大河撤离，他说会安排船到河边接应。”季凌说，当时趁鬼子还没打到村子里，团队领导迅速决定部队往大河方向撤。他们跑到距离河边一两百米时，就看到村民的船已经到了，一共五六条船，把所有人都运到河对岸去了。“那时候是夏天，过了河我们就钻到青纱帐里，避开了敌人。”

季凌后来听说，他们过河以后敌人就进村子了，而农抗会会长为掩护他们撤离，被敌人残忍杀害了。“这个事情我一直记忆很深，如果不是群众帮助，我们几十个人可能都活不下来。”季凌眼含泪水说道。

● 桥上“三段”有玄机

“第二次反扫荡是在1943年，我在军分区当报务员，当时后勤人员都疏散了，军分区司令部的司令员带着精干的指挥机关和作战部加强连还没撤离。”季凌说，那天早上，司令员亲自跑到电台值班室通知他们，“我正在值班，他说让我赶快拆卸设备，敌人要向我们进攻了。他一方面组织部队抵抗，一方面指挥我们电台的同志先撤退。当时我们经过一座桥，河并不是太宽，大概有十多米，但这座桥却有玄机。经过我们改造后一共有三段，中间是灵活的，可以拆卸。”

季凌说，这是根据地为了防止敌人突然袭击而想出的办法。等部队过河占领阵地之后，就把桥的中间段卸掉了，敌人赶到时看到部队都过河了，桥也卸掉了，只能“望河兴叹”，而此时的新四军已经占领有利阵地，开始打击敌人，轻机枪、手榴弹、步枪几轮之后，敌人就不敢继续前进了。“我们的司令员很高明，就这样让大家顺利脱险了！”

（《中国电视报》记者王晶）

张秀珍：东团堡一战三天三夜

张秀珍

见到张秀珍时，他刚从地里干完活回家，吃过午饭还要下地干活，很难想象这是一个 89 岁老人的日常劳动。张秀珍是河北保定市涞源县东团堡乡汤子岭村的村民，1940 年，百团大战涞灵战役东团堡战斗打响时，他只有 14 岁，但时至今日，他对当年的战斗情况依然记忆清晰。

敌人空投物资“送给”八路军

“八路军打仗之前先通知了乡长，乡长和村主任集合村民到后庄子村开会，商议了很多具体的问题，比如多少人要抬着担架往下撤，多少妇女要提水送上山……”张秀珍说，跟日本人打仗，当地的老百姓都积极配合。东团堡当时驻扎的日军是一支精锐的士官教导队，所以这一仗打得很艰难，“东团堡战斗一直打了三天三夜，在八路军的攻击之下，敌人剩的子弹不多了。这时候有日本的飞机过来空投物资，不过当时日本鬼子被八路军团团围住，包围圈已经缩到很小，所以他们空投的武器和物资全都落到包围圈外了，等于‘送给’咱们八路军了！”空投失败后，朝鲜籍的翻译官一看鬼子大势已去，便把无线电设备摔坏，向八路军投降了。由于弹尽粮绝，仅存的二十几个士兵也投火自尽。张秀珍说，东团堡战斗最终以日军的全军覆没而告终。

日本鬼子杀人不眨眼

张秀珍说，东团堡这一仗打得真是大快人心。此前，日军一直为非作歹，干尽了坏事。“当年日本鬼子杀人就像闹着玩似的。有一次，有村民上山砍柴误割了他们的电线，鬼子发现后当场就打死了3个牲口和一个人，还把上山砍柴的七八个村民都抓起来了。日本鬼子审问村民关于八路军的消息，见村民们什么都不说，拿起刀就砍死一个。后来，那个朝鲜籍的翻译动了恻隐之心，让剩下的几个村民编了谎话应付日本人，这才得以保住了性命。”

张秀珍说，八路军深受老百姓的爱戴，当年八路军老三团的战士很多都在这里牺牲了，老百姓不知道他们的家在哪里，就把他们埋在了当地，“是八路军让我们过上了太平日子，我们都把他们当自己的家人。”老人认为，能享受太平就是最大的幸福。

（《中国电视报》记者王晶）

一段陌生的抗战史

说到江桥，也许您并不熟悉，而说到江桥的抗战史，可能更鲜有人知，然而，就是在这片美丽富饶的嫩江平原上，在国难当头之际，打响了震惊中外的江桥抗战，掀起了全国人民的抗日救国浪潮。如今，走在江桥的大街小巷，这里的人们仍然会给你讲述那段虽然令许多人感到陌生却让他们引以为傲的江桥抗战史。

一个年轻人眼中的江桥

姜崇凤是江桥抗战纪念馆的一名讲解员，当年从哈尔滨师范大学英语系毕业后，她放弃了留在大城市、大公司的机会，执意回到了自己的家乡，做了一名讲解员，是什么力量让她如此执著？对此，小姜的回答很简单但很坚定："家乡的历史必须要传承，要让更多的人，特别是年轻人知道，铭记历史才能更好地面向未来。我的力量很小，但我会尽我所能！"

对于江桥抗战纪念馆的每一个物件，每一段历史，小姜都是如数家珍，在她的带领和讲述下，记者也真切地感受了那段血雨腥风却充满能量的历史。

1931 年"九一八"事变爆发后，当时的黑龙江省主席万福麟远避北平，致使黑龙江的军政界群龙无首。代行主席之职的万福麟长子万国宾胆小如鼠、携款逃往哈尔滨。在这种情况下，张学良电令时任黑河镇守使的马占山将军，马将军临危受命，担任黑龙江省代主席兼军事总指挥。

江桥抗战纪念馆

说到马占山将军，小姜充满崇敬，她告诉记者，1931 年 10 月 19 日晚，马占山到达齐齐哈尔，10 月 20 日，马占山宣誓就职：“倘有侵犯我疆土，及扰乱我治安者，不惜以全力铲除之，以尽我保卫地方之责。”

一个将军的誓死坚守

在此期间，日本关东军司令本庄繁多次通牒马占山将军，威逼、恐吓马占山将军下野、交出黑龙江军政大权，都被严词拒绝。期间，马占山将军在谢珂将军的协助下，积极备战，组织起以江桥为前沿，宽 10 余公里、纵深 40 余公里的防御阵地。

11 月 4 日凌晨 5 时，日军与张海鹏部伪军 4000 余人进攻嫩江江桥，骑兵第一旅吴松林部奋起抵抗，将日军击退，这一天也被学者定为江桥抗战爆发日。

小姜说，在江桥抗战中，中国的军队用步枪和平射炮击落日机一架，迫使日军停火四天。这之后，日军卷土重来，而中国军队拼死反击，多次打退敌人进攻，最后因弹尽粮绝，被迫退出阵地。

最让小姜感动的是，在敌我力量极其悬殊的情况下，马占山将军和中国军队的誓死坚守，“当时日方有先进的坦克、飞机、重炮、装甲车，而我方兵器只有野炮36门，步枪只有百米射程；日军参战总人数达3万余人，而我方总人数只有1.3万余人，中国军队就是在武器落后的条件下，阻击了以关东军精锐第二师团为主力的日伪军，以伤亡2000余人的代价，取得打死打伤日伪军6000余人的战绩。”说到这里，作为江桥人的小姜充满了自豪。

一个城市的觉醒反抗

在江桥抗战纪念馆，陈列着很多当年江桥抗战中所使用的武器，其中有一张照片令人动容，照片中，马占山指挥的军队所用的武器多数为有效射程只有百米的“汉阳造”步枪，当日本军队的飞机轰炸阵地时，他们组成每排10人，共14排方阵，战士们仰躺在地面上，枪口朝上，飞机俯冲轰炸飞临方阵上方时，140支步枪同时开火，致使日军一架战斗机中弹被击落，这是江桥抗战勇士用鲜血和生命击落的。

在江桥抗战纪念馆，搜集到了100位江桥抗战壮士的名录，还有成百上千的无名壮士为了民族的独立长眠在齐齐哈尔这块英雄的土地上。正是这些壮士用自己的生命和鲜血开辟了革命前行的道路，因此有人说：嫩江河畔的赤血，是中国血性男儿的瑰宝，黑龙江的中国军队是真正的卫国勇士。“在这个名录当中未能收集到的壮士还有许多，这也是我们江桥抗战纪念馆今后工作的努力方向。”小姜介绍说，许多壮士默然离去了，许多英雄没有留下名字，把殷殷忠骨融入没有碑铭的黑土之中，但是他们英勇无畏的民族精神永远高扬在碧空白云之上，滋润着后世子孙茁壮成长，浇灌着祖国的山河大地。

在江桥，到处都能感受到浓浓的爱国情，那是一种国家和民族利益至上、共赴国难、誓死不当亡国奴的民族自尊品格；是一种不畏强暴、敢于同敌人血战到底的民族英雄气概；更是一种百折不挠、勇于依靠自己的力量战胜侵略者的民族自强信念。这些汇集成一股力量，激励着江桥儿女勇往直前。

（《中国电视报》记者司楠）

一个村庄的抗战记忆

从岳阳县城出发，驱车一个多小时，来到一个山脚下的小村庄。绿油油的稻田点缀着白墙红瓦的民居，犹如一幅安闲静谧的乡村风景画。中午时分，村民下田归来，三三两两地坐在院子里闲聊，主妇耐心地哄着怀里哭闹的娃娃，黄狗在门边打盹，鸡雏在脚边闲庭信步。

笔架山上的纪念碑石

时间倒退 70 多年，这里的人们也一定如今天这般安居乐业，但是日军的侵略打破了平静，让这里成为一片战场，良田里架起大炮，幸福的田园生活转眼被轰成碎片。

● 军人没有不得已

这里是岳阳县筻口镇的郭家村，村后就是笔架山，山下是被称为“东方马其诺防线”的新墙河。村里流传最广的是史营长血战笔架山的故事。史营长名叫史恩华，是 52 军 195 师 1131 团三营营长。为杀敌报国，他新婚三天就请缨上了战场。

1939 年长沙会战，时任第九战区司令长官的薛岳采用的是“天炉战法”，诱敌深入，分段消耗敌军的兵力与士气，把敌军“拖”到决战地区，再狠狠围歼。中国军队从北向南一路阻击，一直退到新墙河北岸。史恩华受命死守笔架山至少三天三夜，利用险要地形拖住敌人，让新墙河南岸部队腾出时间来围歼日军。

激战三天，守军伤亡过半，史恩华接到覃异之师长的电话，“你部任务已达成，如无法坚持，不得已时可向东撤。”史恩华大声回答：“军人没有不得已的时候！”500 勇士坚守不退，与日寇拼杀至最后一枪一弹，直至全员壮烈殉国。

● 死时紧握作战图

“史营长中等个子，长得蛮好，对老百姓很和气。”郭家村 85 岁的张炳芳老人至今还能清楚地忆起史营长的样子。他告诉记者，开战前几天，中国军队就派人到村里挨家挨户告诉老百姓，“这里要打仗了，你们赶紧避开，等仗打完了再回来。”那一年张炳芳只有 9 岁，也被父母带走，一些胆大且没成家的小伙子留在村里，后来他们给张炳芳讲述了战事的惨烈。

“战斗打了三天三夜，史营长硬是不退，拼光了全部家底，自己也壮烈牺牲了……山上的树被截断了，土被烧焦了，尸体堆积在一起，已经分不清楚敌我……史营长他们的尸体是老百姓掩埋的，史营长死的时候手里还拿着作战地图，老百姓见状都哭了……”

“当年史营长就是在这里打仗的。”笔架山上，张炳芳老人指着写有“笔架山战场遗址”的碑石说。硝烟散尽，青山依旧。

爷爷杀过日本兵

当年，村里不少人都被日军抓去当了挑夫。“好一点的还能有命回来，不好的都不知道死在哪儿了。”筻口镇文化站站长张明告诉记者，“现在还有八九十岁的老人，弟弟在这里，哥哥在另一个地方，就是因为给日本兵当挑夫，挑到那里没办法回来，就留在那里了。日本兵没半点人性的，不把挑夫当人看，动辄打骂，不给东西吃。一些挑夫趁晚上日本兵防备松懈，跑掉了。但只是跑了一个挑夫还不要紧，如果日本兵的东西不见了，剩下的挑夫没有一个可以活下来。”

那时候日军只要一进村，就是鸡犬不宁，“能拿的都拿走，（村里的）姑娘就把锅底灰抹在脸上”。“老百姓为什么不敢打日本兵？因为日本兵只要少掉一个人，就把这里的房屋全烧光，老百姓全杀掉，很恐怖的。”张明说，面对日军的疯狂报复，老百姓只有含怒隐忍。尽管如此，郭家村的村长郭胜红告诉记者：“我爷爷就杀过日本兵。”

从笔架山俯瞰新墙河

那一天，郭胜红的爷爷和村里三个年轻人偶遇两个落单的日本兵。这些日本兵刚到村里大肆抢掠过，几个村民都是血气方刚的年纪，胸中的怒火熊熊燃烧。“几个人都有点功夫，躲在老房子的围墙后面，把两个日本兵杀了，枪丢在不远的池塘里。”之后，郭胜红的爷爷回到村里，“告诉大家赶紧跑，自己也过河跑掉了。等他再回来，这里的房子都被烧光了。”

如今的郭家村又恢复了满眼的绿色，村民们过着宁静的生活。空闲的时候，老人会给孩子们讲当年“跑兵”的故事（日本兵来了，老百姓要跑），告诉他们“要爱国，要团结，保卫我们的国家”。笔架山抗战遗址已经被确定为文物保护单位，村民们在这里修了路，栽了树，便于人们上山凭吊烈士，抗战故事和抗战精神将在这里代代流传。

（《中国电视报》记者孙莲莲）

南侨机工：用车轮支持抗战

翁家贵

1937年，日本军队入侵中国，中国东南沿海所有的港口几乎都被日军占领。中国大地此时各种物资告罄，国际社会的援华物资因道路不畅，无法运抵国内。1937年年底至1938年8月，20万云南各族民众靠双手开山辟路，修筑了一条连接云南昆明和缅甸的“滇缅公路”，至此，国际援华物资运输通道宣告打通。然而，令人尴尬的是，国内会开车、会修车的机工凤毛麟角。此时，著名侨领陈嘉庚先生向东南亚华侨提出倡议：征募机工回国参与抗战运输！至此，为纾国难，3200多名南侨机工应运而生。时光荏苒，当年英姿勃发的机工们健在的已然寥寥，而落户云南的只有两位，本报记者有幸采访了其中一位——102岁高龄的老人翁家贵，通过他的回忆，记者试图用笔触再现当年南侨机工的故事。

不怕死不怕苦回国支援抗战

1938年8月，滇缅公路通车后，国民政府西南运输处尴尬发现他们面临的头等难题，竟然是很难找到会开车和修车的机工。然则，从头培训司机只能贻误战机。国家等不起！

1939年2月，一则紧急通告在拥有800多万华侨的东南亚各国迅速传播——“本总会顷接祖国电，委征募汽车之机修人员及司机人员回国服务。凡吾侨具有此技能之一、志愿回国以尽其国民天职者，可向各处华侨筹赈总会或分支各会接洽……”通告末尾强调“事关祖国复兴大业，迫切需要，望各地侨胞侨领深切注意办理是要。”这是著名侨领陈嘉庚先生带领下的“南洋华侨筹赈祖国难民总会”向南洋华侨发起的倡议，号召有驾驶和机修技能的南侨，回国支援抗战。

15岁时就在马来西亚吉隆坡闯荡的翁家贵在当地《光华日报》上看到这则通告。是年，他在南洋已经待了10年，割过胶，当过厨师，还学过开车。这则通告改变了他本来平静的生活，“（当时的华侨）有钱的出钱，我们这些没有钱的人就出力，我们就回来抗战。在新加坡时，日军打上海，我们看到十九路军坚守四行仓库的电影，心里就想着祖国有难了，要回到中国。项堃在电影里演国民党将军，他带队到东南亚宣传、演出，讲抗战的道理，我们就动了心，要回来救国。国家有困难，国家兴亡，匹夫有责，所以我们也觉得，有这个责任回来。”

1939年，3200多名机工响应号召组成“南洋华侨机工回国服务团”，分9批回国，这些机工在抗战历史上被称为南侨机工。翁家贵是吉隆坡第二批归国人员，在与其他530多名机工会合后，成为第五批回国人员。在报名时的例行问询中，翁家贵说出了所有机工的心声，“报名的时候，工作人员说，你们报名回国，山高路陡，会很辛苦，没有国外舒服。我们说为了打日本，死都不怕，苦，我们更不怕！所以他们才批准我们回来。”

轰炸、险路、疾病行驶在生死间

1939年5月，从马来西亚出发，到新加坡，经越南，再搭乘火车辗转抵达昆明，少小离家的翁家贵，终于再次踏上了祖国的土地。回来后，翁家贵在昆明市潘家湾接受了一个月的军事训练，学习防空知识，便很快投入到运输工作，“由昆明出发，拉炸药，拉到广西柳州的兵工厂。拉到兵工厂卸下东西，我的车子去修理。后来再拉子弹、炮弹，送到广西前线。到了兵站，有人把子弹搬上前线，子弹卸下车以后，我再拉伤兵到医院。”滇缅公路弯急道陡，开车殊为不易，拉物资时还好，拉伤兵时却有不愉快的事情发生，面对不解，机工们多是好言相劝，“路不好，太颠簸了，伤兵被颠的疼，就用广西话骂我，我跟他们讲道理，不要骂我们，我们从马来西亚来支援抗战的，你忍一点，我们就跑快一点儿，你的性命就保住了。”

后来，翁家贵被分配到十四大队下面的一个中队，驻扎在云南保山。他所在的中队一人一车，负责从下关到畹町，再到昆明，运送外国援华的军用物资。据翁家贵介绍，当时他们驾驶的是从美国原装进口的道奇牌卡车，也有一部分是万国牌的，战火中，在中国云南省境内大概有一千多辆这样的卡车运送美国援助的枪、炮、炸药、汽油、医疗物资等。

上有日军轰炸，下有山路险峻，南侨机工冒着生命危险在行驶，翁家贵讲，有个战友，车子开到功果桥桥边的时候，正赶上日军飞机轰炸，他立刻躲到路旁边的防空洞里，眼看着自己的车子被炸毁，跌落到江水里。翁家贵回忆说龙陵境内有一处“鬼门关”，异常险峻，“车转弯时，一个轮子悬在路外面，搞不好就翻车”，机工们经过这种路段时，都不敢开快车。身处战火中，脑袋别在裤腰上，翁家贵所在的中队里有两个战友就因翻车死在了路上，“哪里死，哪里埋”，南侨机工们回国后早已做好了这样的心理准备。

云南省芒市有一块保存完好的独属于一位南侨机工的石碑，这位南侨机工在从畹町返回芒市的途中，在加油站准备加油时，却不幸遭遇车祸殒命。如今石碑仍在，讲述着那段可歌可泣的往事。

生命在战火中尤其显得脆弱，日军曾在保山地区投放过细菌弹，很多当地村民因此罹患鼠疫、疟疾去世。在一次运输途中，翁家贵突然发现自己发高烧，浑身颤抖出现了“打摆子”的迹象，他极力控制方向盘把车开到了加油站，万幸得到了及时救护，高烧退却。半夜10点他才把车驶回保山，然而，第二天一早又神采奕奕地投入到运输中。

硝烟里定真情战火中不离弃

当年，在很多云南老乡的眼中，南侨机工是出色的女婿人选。身穿统一制服的他们看起来英俊帅气、有一技之长，更重要的是人品好，有一颗爱国心。翁家贵如今落户保山，也是因为他做了保山人的女婿。

十四大队驻保山的办事处是一座小庙，小庙旁的旅馆是翁家贵的妻子罗春芳家开的，“那时她还很小，才16岁，扎着小辫，是个害羞的小姑娘。”

归国护照上，年轻的翁家贵头发一丝不乱地梳在脑后，双目有神，神情刚毅。现在百岁高龄的翁家贵睡觉时还要戴一个发网，发网下头发一丝不乱地梳在脑后。“是她母亲托人给我说的媒。”翁家贵说，岳母认为他年轻，有一技之长，而且性格温和，在战争年代把女儿许配给这样的人放心。在岳母的主张下,26岁的翁家贵和罗春芳订婚了。“我小学没有毕业，她是初中生，学问比我高，而且老老实实。”虽然翁家贵经常跑运输，和罗春芳相见的时间不多，但是，二人的感情依然逐步加深。

随着战事的吃紧，在岳母的催促下，俩人完婚。然而，婚礼举行时，日军正加紧轰炸滇缅公路，想毁掉中国抗日战场唯一的一条国际通道，罗春芳的很多同学就死于轰炸中。小夫妻俩也万万没有想到，日军的轰炸使得他们的生活再次面临巨大的动荡。

1942年5月，惠通桥被炸毁，滇缅公路运输线中断，南侨机工被硬生生地切割成两部分，大部分退回了怒江撤至昆明。路断了，南侨机工也无以为业，流离失所。翁家贵正是其中之一，失业后的他一路辗转谋求生存，妻子罗春芳不离不弃，“无论多苦多危险，她都没有任何怨言”，两个人的感情在战火与漂泊中磨砺得愈加稳固。然而，另外一部分滞留于怒江西岸的南侨机工，他们面临的形势则更加严峻。他们当中有的在战火中罹难，有的失踪，有的参加了中国远征军。

继承父辈遗志爱国代代传承

在云南的采访中，记者结识了住在畹町的叶晓东，他的父亲陈团圆是惠通桥炸毁后滞留在怒江西岸的众多南侨机工中的一位。陈团圆的命运轨迹正是诸多南侨机工的缩影之一。“桥断后，日本人在怒江西岸大肆搜查南侨机工，父亲逃进傣族的村寨，与妈妈结婚生下了我。”1944 年，在与遮放傣族村寨的傣族姑娘结婚生下叶晓东三个多月后，陈团圆就和其他三位战友一起在芒市被日军抓获，“日本人逼着他们给日军开车，爸爸拒绝了，于是，日本人把他们残忍活埋了。”

1945 年 8 月，日本投降的消息传到了昆明，正在打工的翁家贵特别兴奋，“跟着昆明市民一起放火炮，一直放到天亮。”七十多年后，当年襁褓中的叶晓东，已是子孙满堂的古稀老人，退休后，他志愿担任畹町南侨机工纪念碑的管理员工作，每天一早一晚都会骑着电动车到纪念碑那里扫尘、维护。“纪念碑的方向朝向中缅交界的国门，希望那些牺牲在缅甸的南侨机工的英灵也能在纪念碑的指引下，回到祖国，魂归故里。”纪念碑周围的墙壁上刻着当年 3200 多名南侨机工的名字，每天临下山前，叶晓东都会在父亲的名字前站一会儿。每年清明节，叶晓东会带着儿女祭拜父亲，然而他带上山的却只是一个

抗战期间，云南西南运输处的汽车清一色是美国道奇（DODGE）卡车，载重量是 3 吨。

空相框，这也是他长久以来的遗憾，“我一直不知道父亲长什么样，他的照片一张也没留下来，他回国后可能改过名字，现在也找不到他在海外的亲人。”像叶晓东父亲这样的南侨机工可能还有很多，为了报效祖国，他们毅然改了名字，甚至有人放弃继承家业，在小家与大家的抉择中，他们选择了大家。这种纯粹的爱国之情时隔 70 多年，不会因时间的流逝而褪色，反而因岁月沉淀更加动人心魄。

据统计，从 1939 年到 1942 年，南侨机工们在滇缅公路上来回穿梭，总共向中国各抗日战场输送了约 50 万吨军需物资，他们依靠自己的一技之长为抗战胜利打下了坚实的物资基础。

（《中国电视报》记者沈玉）

容杰：百年之后，请把我埋在昆仑关

荣杰

昆仑关，广西南宁东北59公里处，高地环绕，谷深坡陡，有“一夫当关，万夫莫开”之险，自古就是兵家必争之地，北宋名将狄青曾在此大破叛将依智高。1939年冬，中国当时装备最精良的第五军和日军素有“钢军”之称的第五师团在此“硬碰硬”。昆仑关上“无日不战，无战不烈”，百炮怒吼，地动山摇。中国军队浴血奋战十余天，终于收复昆仑关，被称为抗战史上继平型关、台儿庄大捷后的又一重大胜利。在广西南宁，有一位五十年如一日研究昆仑关战史的老人，很多老兵的故事因为他的文章为人所知；很多抗战遗址因为他的寻找被重新关注……

想画画就要了解历史

从南宁出发一路北上，车轮下一个陡坡接一个陡坡的这条路，就是当年日军进兵昆仑关的路——邕宾路。这里的村镇多被称为“某塘”，塘是古代长度单位，十里一塘，或许最早出自军事部署，但久而久之，“塘”就成为这里村镇的名字。

“这是六塘，看到那座桥没有？当年日军的坦克一过去，中国军队就把桥炸了，不给他退路，关门打狗……这是山心坳，在七塘和八塘之间，两边都是高山，只有一条小道可走……”68 岁的容杰一边指着自己手绘的地图，一边对照车窗外的景物给我们讲述。他是一名桂南会战昆仑关战史民间研究学者，“我在这一片儿转了五十年，很熟！”

昆仑关战役阵亡将士墓园，一座三门四柱的石碑坊巍峨挺立，掩映在绿树之间。“1995 年，我陪着抗战老兵黄润生到这里来，他抚着柱子上‘华表巍峨扬威万里待清倭寇慰忠魂’的‘忠魂’两个字，流泪不止。当年他就在这里打仗，这里埋的都是他的战友。”

“这是我给他画的肖像，”容杰一边说，一边打开一个巴掌大的小本子，一张栩栩如生的小像映入眼帘。这个小本子容杰总是随身携带，里边除了他采访过的老兵资料，查阅史料记录下来的要点，还有很多图画——相当一部分是地图，还有不少场景速写，以及飞机、坦克、枪炮等武器图谱。每到一个地方调查，他总是习惯随手把眼前的景象画下来，旁边用小字写清说明，如“邱清泉在此打伏击”。

事实上，容杰还有另一个身份，他是一名画家，之所以开始研究抗战史，也和画画有关。“1965 年，我到七塘附近的伶俐插队。”那时候，他的房东，也就是他后来的老岳父，无意间给他讲起当年和日军打仗的事，“我老岳父的房子就被日本人的飞机炸了。”被战事的惨烈震撼的容杰，决定以昆仑关战役为题材创作一幅画，“想画画就要了解历史，如今掐指算算，一下子就五十年啦。”

中国军人，死也要站着死

那时候，就算在图书馆、档案馆，相关资料也很少，更多要靠田野调查。当年的邕宾路还是一条土路，崎岖的路上总能看到容杰单车独行的身影。山上没有路，自行车也上不去，只能靠双腿。茫茫大山不见人烟，饿了就自己烧饭，累了就露宿野外。容杰的背囊有 40 斤重，里边装着锅、米、咸菜、行军水壶、帐篷、睡袋、衣服、吊床，还有几样必备品：指南针——“有了它就不怕迷路”、哨子——“没力气了用来呼救”、绳子——“关键时刻保命用的”。有一次正赶上山洪暴发，大水像猛兽从山上呼啸而下，“水淹到腰，如果不是用绳子把自己绑在树上，很可能就被冲走了。”

一路上，都有老乡热情地和容杰打招呼。“都认识我。”容杰笑道。他喜欢和老乡聊天，从他们那里能听到不少精彩故事。“买上点酒肉，一斤花生，边喝边聊，晚上就在老乡家打地铺。”直到现在，一有空他还是总往山上跑，“不来就生病，不来就闹心。”

穿过石牌坊拾阶而上，山顶是剑指蓝天的昆仑关战役阵亡将士纪念塔。纪念塔后的墓园里，埋葬着 3400 名阵亡将士的遗骸。“老乡说，所有官兵都是站着埋的，不是躺着埋的。为什么呢？中国军人，死也要站着死！我不知道别人信不信，我信！”

早年这里还很荒凉，不是昆仑关风景区，也不是爱国主义教育基地，没有树，没有草，没有石板路和石栏杆。“晚上我就睡在纪念塔下面。有老乡说，晚上这里会看见鬼影，听见冲锋的喊杀声，问我有没有见到。我说，我没有见到，只听到风声。我倒是希望能见到。看到烈士的英魂，我就可以和他们对话。”

每一个山头都要拼

站在昆仑关上举目远眺，四面环山。五十年来，容杰几乎把这里的大小山头都摸了个遍，说起来如数家珍。“这边是石牛岭，这边是罗伞岭、老毛岭、仙女山，这边是北尖山，这边是草帽山。当年，这里的每个山头都打过仗，死过人。日本人占了山头，就控制了山下的路，我们必须要抢山，抢了山才能把路抢回来，抢到路才能打到昆仑关来，所以每一个山头都是要拼的。”

“那义山最高的是石牛岭阵地。”当年，山上星罗棋布都是日军修的明碉暗堡，层层布满射击点，还有很多在山坡的暗角处，很难发现。中国军队为了拿下石牛岭，付出很大代价，鲜血染红了整座山。“后来，阵地被移防给66军159师477团第一营，营长陈庆斌。他们是广东军，一路过来穿着短裤，披着军毯，被叫做‘叫花子军’。有人说，‘叫花子军’能打仗吗？陈庆斌很生气：谁说我们不能打仗？”

昆仑关主峰久攻不下，在通向昆仑关的多个小山头上日军固守据点，配备重火力，互相呼应。陈庆斌让战士们深夜出击侦察敌情，摸清敌人的暗堡和兵员火力配置。待到总攻那天，村民送来1000多个粽子，陈庆斌组织突击队，每个战士带上两个粽子，悄悄潜行至预定位置，装死躲过敌机侦察。“攻击信号发出，所有部队一起对敌发起猛攻。我们的野战重炮、榴弹炮轰隆轰隆打过去，把日军的碉堡打掉大半。战士们与敌血战，最终在1940年元旦夺回昆仑关。”

1995年，耄耋之年的陈庆斌在容杰的陪同下重回昆仑关。“他开始不太做声，心里在想他的战友。”容杰去帮陈庆斌拍照片，不经意间回头，老人已哭倒在地上。

血肉换来的胜利

山下不远，是在昆仑关战役被击毙的日军少将旅团长中村正雄的墓。“今年清明节，抗战老兵张近志特地从广东来到昆仑关，一是要寻找当年战友和未婚妻的墓，还有就是到这儿告诉中村正雄的后人，你们不要来侵略中国！”

张近志是一名战地军医，他的未婚妻是一名护士，在战场救护时被日本伤兵一枪打死。当年部队急于追敌，他们将战友的尸体就地掩埋，师长在坟上立了碑。没想到一走几十年，再回来已经物是人非。容杰说，当年被草草掩埋的战士很多，都是坟上竖一根棍子，这些坟墓大多已无从寻找，“我在不止一座山上捡到过遗骨，还有子弹、刺刀。”

容杰说，这是一场中国军人以血肉换来的胜利。打441高地时，团长汪波哀声请求荣一师师长郑洞国：“弟兄们快拼光了！您就让我们先撤下去吧！”郑洞国明白，不到万不得已，这个铁汉子是不会提出撤退的，但他无兵可调，只有厉声告诉汪波：“就是剩下一兵一卒，也要给我顶住，你要是丢了阵地，我砍你的头！”

焦头烂额的郑洞国刚迈出洞口想呼吸一点清新空气，却突然愣住了。只见参谋长舒适存一身下级军官装扮，带着由师特务连、传令兵、炊事员和轻伤员组成的一支180多人的队伍，站在他面前，主动请缨从侧后方突袭敌人。战士们个个视死如归，拼死作战，日军根本想不到，精疲力竭、伤亡惨重的中国军队这时还能发动如此凶猛的反击，仓皇退去。中国军队占领441高地。

1994年，容杰的画作《碧血昆仑》完成，画上一个中国军人紧抱炸药包，凛然无畏地面对日本兵的刺刀。“要说是拿哪个人当模特？其实没有。他可以是任何一个中国军人。勇往直前，这就是中国的军魂。”这幅画曾经在广西最大的展览馆展出，很多抗战老兵在画前久久驻足，“觉得画的就是他自己。”让容杰印象深刻的是，一个小女孩看了很久，然后在留言簿上写道：这幅画深深打动了我。“我觉得这件事没有白做。”容杰说。

老一辈人拿枪，我们拿笔

如今，容杰已经以昆仑关战役为题材创作了不少画作，但他没有停止对这段历史的研究。“我在写书，已经写了10年。我的许多资料都不是随便在网上能搜到的。”

容杰的许多资料来自抗战老兵的回忆，他采访过一百多名抗战老兵，现在70%的人已经去世。10年前，他参与发起并推动实现了广西的关爱抗战老兵行动。“有的老兵子女说，容杰大哥，你了解我爸比我们多。有的老兵去世后，子女就把他留下的东西给我。”每采访一位老兵，容杰还会让他们留下书法和手模。在他的珍藏里，不乏一些价值不菲的资料，他却说，自己百年之后这些会捐给博物馆。问及为什么不留给儿女，他笑道：“他们不懂。”

为什么五十年一直坚持研究抗战历史？容杰说“这是我的事业，我不为钱，就为弘扬抗战精神，老一辈人拿枪，我们拿笔。抗战精神是中华民族最伟大、最团结的精神。”容杰已年届七十，尽管身体健朗，但年轻时轻轻松松就爬上的山头，如今上来也有点喘了。“再过两年，可能更走不动了。昆仑关管委会请我做顾问，答应给我一间工作室，以后可能就在这里常住了，继续写书，画昆仑关的画，讲昆仑关的故事。”

“很多老兵跟我提过，想要魂归昆仑关，埋在当年自己浴血战斗的地方，埋在战友牺牲的地方。所以我正在努力促成在这里建一座烈士陵园。如果可以实现，我希望在角落里也给自己留一小块地方，让我百年之后也陪着这些烈士，永远守卫昆仑关。”容杰说。

（《中国电视报》记者孙莲莲）

黄福荫：抗战8年没受过伤

黄福荫

“那里贴着‘福’字的，就是抗战老兵黄福荫的家！”当地街道办事处的工作人员指着一户门上贴有“福”字的人家，对记者说。黄福荫老人的确是一个有“福气”的人。抗战8年，他一直在前线作战。淞沪会战、武汉会战、血战昆仑关、长沙会战、中国远征军作战，这些抗战史上赫赫有名的作战，黄福荫全都亲历过。抗战期间，黄福荫的部队经常担负攻坚、防守、掩护、断后的任务，枪林弹雨杀进杀出，打过无数硬仗恶仗，他却神奇的从没受过伤。

淞沪会战：营长阵亡他代理营长

黄福荫老人今年101岁，精神矍铄，嗓门十分洪亮，浓重的湖南乡音里带着一种铿锵的金属韵律，不禁让人感叹，这绝对是一位戎马半生的铁血战将。不过老人听力不好，据说与长年受炮火轰击不无关系，因此记者只能通过写字板与他沟通。

1930 年，年仅 16 岁的黄福荫在同乡黄子咸的介绍下考入黄埔军校第八期。1937 年淞沪会战，他任 14 师 79 团 1 营副营长，营长阵亡后代理营长。当时的罗店被称为“血肉磨坊”，中国军队与日军展开反复争夺厮杀，打得惨烈之极。黄福荫记得，日寇飞机、军舰、大炮一起出动，狂轰滥炸。中国军队的武器差，主要是步枪、大刀、刺刀、手榴弹。连排长和士兵牺牲很大，4 次补充兵员，最后炊事员也拿起枪上了火线。

武汉会战：史书上有他一段传奇

1938 年，黄福荫参加武汉会战，坚守外围阵地富池口和半壁山。日寇紧逼，要塞周围高地尽失，师长下令撤退，全师抽调精壮组成加强营，由黄福荫率领，掩护全军撤退。“我的营最后一个退出阵地。”当他到达大冶城向司令长官张发奎报到时，已是一身泥水、又疲又饿。张发奎赶紧唤卫兵安排他洗脸吃饭，命他防守大冶 3 天。

黄福荫将所辖 3 个连被布置在城外高地筑壕坚守，伏击突袭，夜战肉搏，打得鬼子措手不及、死伤累累。守城 7 日，思及已完成任务，又恐被日军包围，他立即下令撤退，冒着日军炮火，请老百姓当向导，避开公路走小路，趁夜有秩序地撤到保安。《中日战争内幕全公开》一书里，以“恶斗狼师李延年水淹田家镇，掩护主帅黄福荫奋守大冶城”为题，记载了这段传奇。

腾冲血战：一个电话救了他一命

八年抗战，黄福荫虽然幸运地没有受伤，却许多次与死神擦肩而过。1943 年，黄福荫参加中国远征军，任 54 军 593 团的副团长。他受命率部包抄到高黎贡山后面，不惜一切代价拿下高桥和营盘两个日军据点，切断敌人的后援和退路。高黎贡山的原始森林里，日军的狙击手藏在树上，专门瞄准远征军“当官的”打，很多人因此牺牲，黄福荫幸运地未被击中。

1944 年，黄福荫率部攻打日军顽固死守的腾冲，与敌展开惨烈巷战。一天，黄福荫正在指挥战斗，一个通讯员进来报告：“团长，师部来电！”黄福荫出去接电话，就在此时，随着一声巨响，一发炮弹在他刚才所在的地方爆炸，美军顾问、联络官卡普顿就这样被炸死，黄福荫又幸运地逃过一劫。

不看抗战剧：这也叫打仗？

1949 年，黄福荫起义后参加中国人民解放军，在解放军南京军事学院任教，转业后到湖南省交通厅工作。如今黄福荫在长沙安享晚年。黄福荫的长子黄海啸说，父亲很少讲他当年的故事。“有时候他与老战友聊天，我偷听到只言片语。这几年许多记者来采访，我才知道他当年打仗的很多细节，”黄海啸说，“有这么一个抗战的老父亲，心里很自豪！”

黄海啸说，父亲 86 岁的时候动过一次大手术，“在那之前，坐着腰板都是笔直的，很有军人气质。”老人以严厉的军旅作风治家，“我们小时候，他回来我们都要起立，问爸爸好。”在黄海啸的印象里，也许因为从尸山血海里拼杀出来，父亲性格坚强，“从来没看见他哭过。包括我那时候下乡，他送我上汽车；包括我母亲去世，他顶多眼圈红一下。打仗时见多生死，他对这些看得很淡。”

黄福荫老人不抽烟不喝酒，作息规律，平时喜欢读书看报，尤其喜欢抗战史和老兵回忆录，每天必看《新闻联播》。问及看不看抗战题材的电视剧，黄海啸笑道：“不看。以前看过，觉得假。第二次冲锋，战场竟然没有尸体。他说那时候尸横遍野，挖战壕经常会把原来埋下的战友的尸体和日本兵的尸体挖出来。打腾冲的时候，血流遍地，踩在地上都粘脚。”黄海啸记得，当时父亲指着电视屏幕，“这也叫打仗？”

（《中国电视报》记者孙莲莲）

易唯诚：机枪击退日军炮艇

易唯诚

刚刚退休的易佳是一名摄影爱好者。今年年初，他和几个同样爱好摄影的朋友到长沙东北的幕阜山拍照，回来整理照片的时候，无意中被年逾9旬的父亲易唯诚老人看见，老人一眼就认出："这不是幕阜山吗？我当年在这里打过好几个月的仗。"

用三种语言审讯俘虏

易唯诚是一名抗战老兵。20世纪三四十年代，他的部队据守在湘鄂赣三省交界处的幕阜山。有一天晚上，易唯诚带领一支十来人的小队悄悄摸到日军的大冶兵工厂附近侦察，为奇袭做准备。夜色里，他们发现不远处有一个人影在晃动，定睛一看，原来是一个落单的日本兵。易唯诚当机立断带着战友扑上去，那个日本兵猝不及防，很快做了俘虏。

"英语和日语我都懂一点，就用汉语、英语和日语三种语言审讯他。得知他叫荒木虎雄，是兵工厂的工程师兼翻译。"易唯诚至今记得，“荒木虎雄说他也不愿意侵略中国，是被迫的。后来我们把他送到军部，还因此立了功。”

眼见身边战友被炸死

1921年，易唯诚出生在一个书香世家，他的祖父曾经做过清朝在新疆的教育官员，相当于今天的教育厅厅长，父母都教过书，学的是新文化，思想开明。易唯诚有一个大他8岁的姐姐，是当时的进步女青年。那一年，姐姐离开家参加抗日，易唯诚也要跟着去，姐姐不让，“你还小，等几年再去。”18岁那年，易唯诚义无反顾地参了军。他说看到报纸上登载的日军在中国的暴行，内心愤慨，一腔热血“只晓得要抗日救亡。”

那时候，易唯诚是部队里少有的文化人，初中毕业，能写会算，“部队很重视，让我当连指导员，我很喜欢这个工作，跟士兵的关系非常好。”长沙会战，99军197师调防湖南洞庭湖沿线，易唯诚作为197师590团军士连的指导员，受命驻守距新墙河不远的临资口，阻击日军。“那时也不知道叫什么战役，只知道日本人打来了，要守住家门口。”

易唯诚带领战士们守在临资口的河堤上。“日军小炮艇沿河来袭，我就拿马克沁机关枪扫射，绝不手软。几次把他们打回去，打得他们抬不起头。”见日军退去，易唯诚和战友放松了警惕，他们站在河堤上眺望，忘记了隐蔽。没想到日军去而复返，在艇上开炮。震耳欲聋的爆炸声中，易唯诚眼睁睁地看着身边的战友被炸死，他自己则幸运地与死神擦肩而过。“我是命大”，回想往事，老人感叹。

易唯诚的亲密战友沈英也牺牲在长沙会战的战场。“我守在临资口，他守在湘阴之西的楼林潭（音）。他作战非常勇敢，被俘后选择了自尽，”易唯诚感叹，“我们是同学，感情非常好，最后一次见面还聊得很开心，谁知没过几天，就听到他牺牲的消息。”

临资口还是没有守住，易唯诚随部队后撤至重庆。后来他进入黄埔军校就读，毕业后留校任教。“我强烈要求上前线，领导说留校当老师，教育下一代人，也是抗日。”

●“吃亏是福”为长寿之道

新中国成立后，易唯诚回到长沙老家，在中学教书，直至退休。在儿子易佳的眼里，早年间父亲很少讲自己的故事，但是从小就以军队的规矩来教育、要求他们兄弟。“比如坐有坐相，站有站相。坐在椅子上也要脊背挺直，喊‘稍息’之后，才可以靠在椅背上。”

易佳说，他们小时候住在长沙新开铺机床厂的宿舍，房子后面就是山。“一放假，他就带着我和我弟弟上山去行军拉练，拿着一根树枝在后面督促，‘快走快走’。几个人晒得黑黑的一身大汗回来，我妈妈埋怨他，他就呵呵笑，‘男子汉，没问题！’”

如今易唯诚老人已九十多岁，但是身体健朗，腿脚灵便，视力很好。平时喜欢看新闻，读报纸，读一些与抗战有关的书。易佳说，父亲不抽烟不喝酒，喜欢锻炼，前几年还带着一帮老人打太极拳，这几年年纪大了才渐渐作罢。老人允文允武，写得一手好字，锻炼的空地周围都是他写的标语，什么“锻炼身体有益健康”、“老年人要心情愉快”，等等。老人信奉“吃亏是福”，“他从小跟我们讲，知足者常乐，不因为小事斤斤计较。我觉得这是他的长寿之道。”

（《中国电视报》记者孙莲莲）

第三章

光影背后

第一节

《东方主战场》拍摄侧记

再现滇西抗战画卷

8集大型纪录片《东方主战场》云南线摄制组，从昆明出发，沿滇缅公路一路前行，途经昆明下关、大理、保山、施甸、腾冲、龙陵、芒市，最后到达滇缅公路中国段终点畹町。全程近20天，行程1万多公里，摄制组走访14个县市乡村，采访抗战亲历者不下10人，掌握了大量翔实、珍贵、生动的一手资料。在采访拍摄中，众多亲历者用他们的回忆为我们描绘了一幅生动的滇西抗战画卷，与此同时，他们的讲述、泪水与笑容也一次次叩动了我们的心门，为之久久不得平静。

名录墙上镌刻着十多万烈士的英名

滇缅公路上的民夫悲歌

滇缅公路从昆明至缅甸腊戍全长1146公里，云南境内长959公里。于1938年8月31日全线通车，创造了世界筑路史上的奇迹，当时美国驻华大使誉之为“可同巴拿马运河工程相媲美”。滇缅公路的修筑，拉开了“滇西抗战”的帷幕。这是一条诞生于抗日战争烽火中的国际通道，也是一条滇西各族人民用血肉筑成的国际通道。然而，纸上得来终觉浅，当摄制组深入大理漾濞县太平乡太平铺村拜访梅品珍老人后，才真正了解何为用血肉筑路。

今年90岁的梅品珍老人，参与修路时只不过是一个十多岁的小姑娘。她的父亲是当地的保长，在接到上面传来要修路的命令后，没有迟疑，带着家里的三个儿子一个女儿奔赴修路前线，“在悬崖上开路，要修筑一架跨过漾濞江的胜背桥。”当时没有现代化的修路设备，用的是最原始的热胀冷缩法，即柴火加冷水，先烧后浇。据梅品珍回忆，县长收到了来自龙云的一封鸡毛信，“信里面没有内容，只有一颗子弹，不修好路，就只能掉脑袋了！”县里的青壮年早被征兵，漾濞县的民夫多是老弱妇孺，背着嗷嗷待哺的幼儿去修路的妇女并不罕见。云南山区地势险峻，修路过程中不断有民夫因意外死去，梅品珍的小哥哥就是这样死去的，“开辟悬崖路段时，哥哥被掉下的石头砸到了头，昏迷不醒，母亲流着泪守在床前几天几夜，哥哥死了，母亲哭得背过了气！”老人干涸的眼眶被泪水打湿。

梅品珍老人的家，距离她曾修筑过的滇缅公路很近。每次看到门前的这条路，老人是否会想起那些因这条路而流逝的生命，已不得而知。因腿脚不便，她半躺在床上接受了采访，在摄制组告辞离开时，独居的老人紧紧握住我们的手，久久不愿放开。

滇缅公路的险峻，常常让摄制组胆战心惊。组里的中巴车在老滇缅公路上行驶几乎是举步维艰，一步一颠，心脏时时有即将跳出胸口之感。“弯急、沟深、路窄、坡陡”用来形容滇缅公路之难最为贴切。欧阳斌导演是地道的云南人，他告诉记者，云南有一句俗谚：“要去潞江坝，先把老婆嫁”，这句话指的是外地人如果要翻越高黎贡山到瑞丽一带几乎是有去无回，原因之一就是道路险峻，危险重重。遥想七十多年前，20 万云南民众就是在这样恶劣的条件下修通了滇缅公路，实在是令人又敬又佩。

令人震撼的国殇墓园

从施甸出发，驶过怒江大桥，途经潞江坝，再行驶 3 个小时左右就到达了腾冲古城。这座古城东以雄伟的高黎贡山为屏障，西与盛产翡翠的缅甸相毗邻，是西南丝绸古道的要冲，自古便有商贾往来，马帮穿行。最为古城人们骄傲的是他们的琥珀牌坊玉石桥。然而，这座标志性建筑却毁于日军的战火。如今只能在滇西抗战纪念馆中得以窥见它的原貌。除此之外，这场惨烈的战争还留下了一座撼人心魄的陵园——国殇墓园。

国殇墓园位于腾冲县城西南的叠水河畔，是中国规模最大、保存最完整的抗战时期正面战场阵亡将士纪念陵园，在青松翠柏的掩映中，主体建筑大门、忠烈祠、烈士墓、纪念塔建立在南北中轴线上。此外，墓园内设有中国远征军第 20 集团军腾冲战役阵亡将士纪念碑、滇西抗战盟军阵亡将士纪念碑。国民党元老李根源取楚辞“国殇”之篇名，题为“国殇墓园”。

缓步进入国殇墓园之中，肃穆之氛围扑面而来。时值金乌西坠，园中翠柏狭长的树影带来阵阵阴凉，鸟鸣声越发的清幽深远。七十多年的岁月磨砺，收复腾冲战役中阵亡的9000多名将士忠魂安息之所，仍保持了落成典礼时的原样。绕过忠烈祠，来到安葬烈士墓的小团坡前，摄像祁老师放下手中设备，对着南方虔诚叩拜。一叩拜，守卫腾冲的英烈忠魂，请安息；二叩拜，感谢你们为抵抗侵略，保卫国土，牺牲了年轻的生命；三叩拜，定将无愧于良心，用镜头再现那段反侵略的抗战史。

小团坡上的烈士墓碑，均按军、师、团、营、连、排、班的编制排列，以坡顶的纪念塔为圆心，如一条条笔直的射线延伸到坡下。生前，他们排成严整的序列，冲向敌阵；死后，他们仍然排列整齐，矗立边关。似乎，只要一声集合号响，他们就已列队站在了出发的晨曦中。每座墓碑前都有一朵访客留下的红花，红花恍若一簇簇永不熄灭的战火。在坡顶，忽然传来一阵阵嘹亮的军歌，仿佛是他们在校场上又唱起了熟悉的旋律。循着歌声而去，原来是一批来自江浙的游客，他们正用歌声慰藉忠魂在天之灵。

中国远征军在施甸与日军隔江（怒江）对峙两年之久

硝烟远去，大爱无言。腾冲人民为永远铭记远征军将士的历史功绩，于2013年在国殇墓园里修建了中国远征军名录墙。经多方收集整理，目前镌刻在墙上的英名已达十万多个。一位调皮的小女孩儿，有些笨拙地试着攀爬名录墙，她的行为惊动了墙前沉思的母亲，母亲蹲下身将小女孩儿抱了下来，一边伸手指着名录墙，一边喁喁私语，依稀间是告诉小女孩儿这面墙承载的意义。看着女孩儿仍有些懵懂的眼神，记者不禁释然，爱国精神的代代相传，不过始于这样一件小事儿而已。

（《中国电视报》记者沈玉）

风雨拍摄几多坎坷

7月3日，《东方主战场》西南摄制组在陕西延安宝塔山完成最后一个镜头的拍摄，正式杀青。掐指一算，他们已经在外奔波了51天。说起来西南摄制组是《东方主战场》外拍摄制组里耗时最久、战线最长、任务最重的一个组，共行经湖南、湖北、贵州、广西、陕西五省（自治区）十余地，行程约一万多公里。近两个月的拍摄，摄制组马不停蹄，风也过，雨也走，有过苦，有过累，却也收获了不少惊喜，经历了一次精神上的洗礼。

和老天抢镜头

拍摄时正逢南方雨季，摄制组一路遇雨，几乎走到哪儿下到哪儿。老前辈开玩笑说："农民看天吃饭，我们看天拍摄"；年轻人开玩笑说："萧敬腾雨神的名号要让给我们了！"下雨给摄制组制造了不少麻烦，也留下不少遗憾。在湖南雪峰山拍摄时，摄制组一路驱车上山，摄像师强涛一连看中好几个景，都非常漂亮，准备等返回时一起拍，结果一场突如其来的大雨，让计划完全流产。

一阵雨一阵雾，10米之外看不见人，大家打着伞等雨停，好不容易雨变小了，赶紧架上机器拍。"机器刚架好，还没有15秒，雾一下子就上来了。我从没见过这么快的雾！”外拍制片王军感叹。有时候为了和老天抢镜头，大家甚至顾不上吃饭。一次因为拍得太晚，只能趁夜赶路，却正赶上暴雨，车在弯急坡陡的山路上颠簸，雨点打在车顶噼啪作响，至今让大家心有余悸。

“下雨也不能停下来，我们会尽量找内景拍”，王军说。在湖南衡阳拍摄时，因为下雨，他们临时更改了拍摄计划，不料却收获了一个惊喜。“当地宣传部的同志说，这里有一座老屋，是一处抗战遗址，里边有一些抗战资料。”结果到达老屋后，“一下子吸引住我们的，却是老屋的山墙上至今还留着当年日军炮弹的弹孔。”烟雨蒙蒙，有弹孔的山墙下正好是一棵巨大的芭蕉树。“弹痕配上雨打芭蕉，用来表现战争

摄像　王振宇

的残酷或者对和平的期许，都是极好的。”王军说：“晴有晴的味道，雨有雨的味道：下雨也是可遇而不可求的。”

老天也有帮忙的时候。贵州省晴隆县有一处有名的抗战公路，称为二十四道拐。整条公路依山势呈弯道盘旋，共有 24 个弧形拐弯，极为险峻。摄制组到二十四道拐进行拍摄时，那里刚刚下过雨，眼前是一片浓雾，什么也看不见。当地宣传部的同志建议，明天再来拍吧？“既然来了，时间又这么紧，我们还是决定赌一下，等！”慢慢的，王军开始感觉到有一丝微风轻拂过耳边，浓雾里隐约显现出一个盘曲蜿蜒的身影。两个小时之后，大雾竟真的散了，二十四道拐的全貌清晰地出现在镜头里。大家都很高兴，纷纷感叹没白等两个小时。

抗战老兵的精气神

拼刺刀、毒气弹、血流成河……从抗战老兵的讲述中，摄制组从未如此深刻地体会到中国抗战在世界反法西斯战争中作为“东方主战场”的意义，无数中国勇士奋勇抗击日本侵略者，用鲜血、用生命拼出了胜利，也拼出了我们今天的和平与幸福。

一路上，摄制组采访了 10 多位抗战老兵，年纪最大的 102 岁，年纪最小的也有 89 岁，不少老兵的言语行动间还保留着身为军人的习惯和气度，那样的精气神让摄制组惊讶，也由衷敬佩。

101 岁的黄福荫老人虽然听力不好，只能用写字板与他沟通，但是中气十足、嗓音洪亮；96 岁的吴肯老人在唱起当年他到前线给战士们教唱的抗战歌曲时，还是那么斗志昂扬；96 岁的康焕湘老人眼神极好，编导赵韬为唤起老人的记忆，把拍摄资料拿出来给他看，上面是小五号字，当赵韬询问是否需要给他找一个放大镜时，老人摇摇手，“比这再小的字我都看得到。”

拍摄99岁的熊寿明老人敬军礼的镜头时，尽管拍不到脚，但老人坚持一定要站起来，“军人敬军礼，一定是要站着的。”102岁的王金柱老人一口气讲了三个多小时，讲到激动处把椅子扶手拍得“啪啪”响。考虑到老人年事已高，赵韬提议让他停一停休息一会儿，老人却生气了，还以为大家不喜欢听他讲——而那段历史是需要永远被铭记的！

听着老兵慷慨激昂的讲述，就不由自主地攥紧拳头；听着老兵放声高歌，就情不自禁地打起节拍……老兵们飞扬的神采、振奋的情绪，仿佛为摄制组注入一股正能量，让他们忘记了连日奔波拍摄带来的疲累。

让摄制组动容的还有老兵们对“抗战老兵”身份的骄傲，周广田老人给他的泡菜店取名“老兵泡菜”，毛民汉老人最喜欢他那件写有“抗战老兵”字样的衣服，黄福荫老人接受采访时特意戴上了抗战胜利纪念章；当摄影助理张承楼因为王光亚老人的帽檐遮光，请他把那顶写有“抗战老兵”的帽子摘下来时，老人很不舍地说：“我的帽子好贵重的！”

说起9月3日中国人民抗日战争胜利纪念日，老人们都很兴奋，要把自己的经历告诉更多人，让后人以史为鉴，奋发自强，因为落后就要挨打，就要被欺侮。

我们的采访是抢救性的

采访路上遗憾不少，比如曾参加长沙会战的女机关枪手银金花老

摄像　强涛

人，两三个月前赵韬还看见有媒体采访她的报道，但是当摄制组到达长沙，准备联系采访她时，才得知老人不久前已经去世。

时间流逝无法逆转，自然规律不容抗拒，七十多年过去，如今还健在的抗战老兵已然不多，在世的年纪也多在九十开外，而随着这些老人家的陆续故去，那些不平凡的记忆也将化为一抔黄土，散落尘埃，我们用细节还原历史的努力将变得愈加艰难。“因此我们的采访是抢救性的。”王军说。

89 岁的芷江机场地勤刘道民，是摄制组偶遇的第一个计划外的采访对象。王军告诉记者，在芷江本来是没有采访任务的，“在芷江受降纪念馆拍摄时馆长随口问我们，有一个当年参与过受降的老兵，你们需不需要采访。我说好啊，请老人家来说一说吧。我当时想，可能这部片子里用不到，或许将来会成为另一部片子里的珍贵资料。”后来王军给领导打电话汇报工作时提到此事，得到领导的大力肯定与赞同。

张德夫老人是一个“主动找上门”的采访对象。那是在湖南衡阳，摄像师王振宇正在拍摄当地的衡阳抗战纪念碑，一抬头，不知什么时候旁边站了一个笑意盈盈的老人，正是张德夫。老人曾经参加过衡阳保卫战，是一名军医，当时女儿正陪着他在纪念碑所在的公园散步。得知摄制组在为《东方主战场》拍素材，老人毛遂自荐，“你们要不要采访我啊？”于是《东方主战场》的素材库里又多了一段鲜活的讲述。

（《中国电视报》记者孙莲莲）

第二节

主创访谈

让青年人感受历史的温度

——访总导演闫东

总导演 闫东

8月13日，距离《东方主战场》的播出还有12天，对于总导演闫东而言，即将到来的“胜利”并不意味着轻松，在最后的冲刺阶段中，还有很多工作让整个创作团队处于殚精竭虑的状态。

从今年的1月29日摄制组成立到现在，只用了近七个月的时间，这部用影像记录世界反法西斯战争东方主战场——中国14年的抗战经历、汇聚了大量珍贵历史资料、拥有全新视角的纪录片就由一颗种子变成了成熟的果实，这样的速度，在纪录片创作的领域即使不是独一无二，也是极为罕见的。而在这样一个“奇迹”的背后，既有创作者忘我的投入和奉献，同时也有他们对于这段历史、这个国家的思考与担当。

印象：这里是一个“战场”

走进位于影视之家的《东方主战场》剧组，头脑中第一个蹦出的词就是“汗牛充栋”，在屋子的每一个角落，走廊边、柜子上、地板上、桌子上、沙发上，随处可见一摞摞几十公分高的资料文本；茶几上的笔筒里，插着密密麻麻的铅笔和记号笔，无不昭示着这里一直是一个“战场”。总导演闫东的脸上，有一种挥之不去的疲惫，就在之前的六天里，《东方主战场》顺利通过了3次大的审查，如今，所有制作团队的人员都处在最后的冲刺阶段，几乎24小时连轴转。

用影像来再现和解读中国抗战的历史，是闫东在三年前就萌发的愿望。从1931年“九一八”事变爆发，到1945年日本投降，中华民族的抗战经历了14年国土沦丧、山河破碎的痛苦历程，付出3500万人以上伤亡的惨痛代价；但同时，抗战的最终胜利也是中国在近代百年的屈辱中，第一次真正意义上的胜利。“作为一个纪录片人，我们有责任也有义务去记录、解读和反思这段历史”闫东说。然而，这并不是一个容易完成的任务。在14年的抗战历程中，有无数的战斗、故事、人物、情感，《东方主战场》必须在8集的篇幅里，将其中最具有历史价值以及最鲜活和生动的内容全景式地呈现给观众；让所有人更加清晰地认识到中华民族在14年的抗争中所承受的巨大灾难和无比坚忍的勇气，同时还要通过史实，分析和解读中国战场同世界反法西斯战场之间密不可分的联系。这就要求创作者对这段历史必须有一个非常清晰和深入的了解，同时也要求他们具备一种成熟的历史观点和独特的视野。对于任何一个纪录片人而言，这副担子的分量，都是沉甸甸的。

历史：一种全新的视界与观点

事实上，这已经不是闫东第一次涉足抗战题材的纪录片了，2014年12月，在首个国家公祭日到来的时候，中央电视台播出的由他执导的大型纪录片《1937南京记忆》给国人带来了不少的震动，直到如今，该片的影响力仍在持续向海外传播，并即将于近期在日本最大的视频网站Niconico播出。

“如果说《1937南京记忆》是这段历史中的一个点，是一个局部切面，那么，《东方主战场》就是一个面，是一个整体”。闫东说，相对于之前的同类题材作品，《东方主战场》将从另外一种全新的角度来审视中国的抗日战争。“在整个第二次世界大战的历史上，中国战场开始的最早，结束的最晚。国土遭受的蹂躏、同胞死伤的惨重，都是其他国家无法比拟的。14年抗战中，至少有6年的时间中国都处在独自抗争的艰难时期。不仅以一国之力，用持久战的方法赢得了时间和空间，同时在中国共产党领导下的敌后战场更是牵制住了日军的大量兵力，为世界反法西斯战争的胜利作出了巨大的贡献。”

正因如此，《东方主战场》第一次将中国抗日战争放在了世界反法西斯战争的大背景下去展现和解读。同时也通过国际化的表达，让更多的人了解到以往西方学者所忽视的东方反法西斯战场的巨大作用。“所以说，《东方主战场》的立意，本身就昭示了一个全新的视点和角度，为我们从更深层次来解读这场战争指明了方向。”

感动：曾经的人们今天的我们

在创作过程中，闫东以及整个制作团队也在经历着一种特殊的洗礼。他把这些情感经历浓缩成为两个字“感动”。“年初在加拿大多伦多时，我曾在大雪中专程拜谒了白求恩的故乡。也许白求恩在家乡时并非一个处处完美的人，但在万里之外，在中华民族抗战的洪流中，他的人生却升华到了令人敬仰的境界中，为中国人民的抗战奉献出了自己的一切。”这时，闫东动情地说：“在搜寻历史资料的过程中，这样的人物和故事曾一次次感动了我们，例如东北抗联的战士们在最艰苦恶劣的环境下，坚持斗争到生命的最后一刻；接受西式教育的冼星海在目睹了抗日敌后战场的汹涌澎湃后，在延安的一个普通窑洞里，创作出《黄河大合唱》……这种精神与情感在创作的过程中也一次次地将我们带入其中。”

在闫东的心目中，感动的另一重含义则是整个《东方主战场》的创作团队。从今年 1 月启动开始，在近 7 个月的时间里，整个团队创作时间极其有限，但却肩负着要把《东方主战场》打造为扛鼎之作的重任。文学脚本经过近二十轮的修改，在日、俄、美、英等国进行了外景拍摄，国内有 6 个摄制组和 1 个航拍组走遍了二十多个省、直辖市、百余个地点，拍摄素材约 300 个小时，视觉特效制作 238 场，搜集 2400 多张资料图片、130 多部片子的素材……在如此海量的工作中，包括闫东在内所有人都把自己“压榨”到了极限。一位编导在连夜修改片子后，因为极度疲劳，在开车时遭遇车祸，万幸没有受重伤，但车辆报废了，可他刚休息了几天就立刻继续工作。另一位资深制片主任刚从云南出差回来，紧接着又赶赴另一组，结果遭遇车祸，现在仍在医院休养。闫东去医院看他，结果被他“轰走”，他说：“你快回去忙，不要管我。”就是这样的一个团队，凭借所有人全身心的投入，在短短7个月的时间里创造了“奇迹”，让《东方主战场》成为了一部具有国际一流水准的纪录片。

使命：历史纪录片应具当下性

“从来没有哪一次战争像第二次世界大战一样，在人类历史上造成了如此巨大的死亡和伤害，除了发动战争的罪魁祸首应该受到真正的审判外，那些付出巨大牺牲后取得胜利的人以及他们的后代，则应该对如何捍卫和平，避免战争的重现有更多的思考。”闫东说，“一部历史题材的纪录片，它所记录的是过去发生的事情，但其所表达和传递的信息却是必然具有当下性，也就是对我们今天现实与情感的影响。无论是我们对各种历史资料的甄别、选择以及其中情感故事的设计，还是各种技术手段的运用，其最终的目的都在这里。”

面对着即将面世的《东方主战场》，闫东道出了他心底的期望，“作为一个纪录片人，我们在历史中发现和寻找的唯一目的，就是让我们的观众，尤其是年轻的观众能够了解七十多年前的这段历史，了解我们脚下的这片土地所承受的苦难以及曾经为了抵抗外辱牺牲的无数英雄。同时也让他们明白，这场影响了世界的战争究竟对今天产生了何种重要的影响，中国作为世界大国的地位从何而来，让他们感受到历史的温度，并由此而产生共鸣，这就是我们作为一个纪录片人肩负的责任和心中的担当。

（《中国电视报》记者王茂华）

我与抗战的第三个十年
——访执行总导演刘岳

执行总导演　刘岳

对于刘岳而言，《东方主战场》是一部什么样的纪录片？他的回答是，这是一次充满敬意的解读和独具新意的叙述，也是人生中和事业上一个重要的节点。

1985 年，刘岳大学毕业后进入八一电影制片厂工作，1995 年，时值抗战胜利 50 周年，他参与创作了纪录片《砥柱中流：伟大的敌后抗战》，十年后的 2005 年，他又参与了反映八路军抗战经历的 10 集专题片《伫马太行》。“其实国家每 10 年都要推出一两部这样的大部头作品，除了上面提到的，还有抗战胜利 50 周年时的《胜利》、抗战胜利 60 周年时的《抗战》等。我感到自己非常幸运，有机会参与到这些代表国家主流意识形态的作品创作中，如今又一个 10 年，我遇到了《东方主战场》。”

在刘岳看来，随着时间的推移，中国的纪录片人再次面对这段国殇民痛的历史时，已经有了更加深入的解读和更加广阔的视角。“《东方主战场》的题目本身就说明了这种视角的改变。”刘岳说，“在面对同一场战斗，同一场历史事件，我们开始将它们放在整个世界的大背景下去解读。比如百团大战，过去我们所展示的，甚至所争论的，都是当时百团大战对整个中国抗日力量的鼓舞。然而，当我们把百团大战放到整个反法西斯战场上去看，你就会发现此时无论是在欧洲战场还是其他地方，都是反法西斯力量最为艰难、低落的时候；这时候共产党领导下的百团大战，其意义已经不仅局限在中国，更是在世界反法西斯的进程中具备了扭转时局的重要意义。”刘岳说，作为《东方主战场》团队的一员，面对这部自己职业生涯中可能是最后一部，也是最重要的一部展现中国抗战史的作品。他更希望观众能够从中得到许多对今天有益的启示，从过去中了解战争的来龙去脉，同时也对今天的和平有更加深刻的理解和认知。他说，“因为在我看来，历史永远是作为今天的能量而存在，并将融化于未来启示之中。”

（《中国电视报》记者王茂华）

循史而作力透纸背

——访撰稿团队

8 集大型纪录片《东方主战场》的撰稿团队，是名副其实的“群英会”。抗战研究相关各领域的顶尖专家云集在此，既有负责学术撰稿的军事科学院的研究员，也有负责文学撰稿的大学教授、抗战史资深研究学者、抗战文学作家……为了纪念七十多年前那场伟大的民族解放战争，真实反映中国抗战在世界反法西斯战争中的地位和作用；为了“用史实说话”，有力地批驳种种歪曲历史和美化侵略的谬论。每个人都全力以赴……

肖裕声：用史实讲述东方主战场

肖裕声

随着播出时间日益临近，肖裕声愈加忙碌。每天他都要接听许多电话，回答编导们提出的各种问题，包括史实是否准确、放在哪里最合适、如何处理有争议的历史、对某一历史事件的评价与表述等，有时候一个半天就要回答数十个问题。

先后担任军事科学院军事历史研究部、

世界军事研究部副部长、全军史料丛书审查小组首席军史专家，研究抗战史近四十年，肖裕声可以说是当之无愧的权威。但是对这些问题，“我不能随便张口就来，都要给予准确的答复，还要明确告诉他根据是什么，应该怎么处理，可能会产生什么反响，以及提出几个可以参考的方案”。一定要让历史说话，用史实发言。肖裕声说，“这使得我的大脑每天都在围绕历史问题高强度运转”。

早在2012年，正是肖裕声率先提出，将为中国人民抗日战争暨世界反法西斯战争胜利70周年献礼的纪录片命名为《东方主战场》。“说中国抗战是东方主战场必须用史实支撑！我认为有几个最显著的历史标志：开始最早、结束最晚，跨越二战的全过程，长达14年之久，是苏联、美国、英国参战时间的两三倍；伤亡最大，达3500万军民，其中军队伤亡超过380万人；歼灭日军最多，达155万余人，占日军二战伤亡人数的75%以上等等。围绕这些内容，就是要讲清楚中国抗战的艰难曲折、重大牺牲和不朽贡献。”

这是一项繁杂而艰巨的工作，近三年来，他们查阅了上千万字史料，天天都在研究史实，选择经典，改写脚本，“我数了数，大概有30多个正式上报的修改版本，重大调整至少20次以上。”

早晨6点肖裕声会去游泳，这时候他的状态最好，“这是我每天调整撰写思路、梳理新的史实、观点最好的时机”，很多沉淀下来等待理顺的问题就这样在慢泳中有了答案，很多好思路也诞生于此。散步、吃饭、游泳……肖裕声把所有时间都用来思考，连睡觉也停不下来，“第一次报送审本时，许多鲜为人知的史实和新的观点需要研究，那段时间，我经常半夜三四点钟突然醒来，想起什么，立即打开电脑处理。”其实原本他睡眠很好，“沾枕头就睡着，半夜醒来是从没有过的事。”问及会不会吃不消，肖裕声笑道：“忙习惯了。累，但值得。”

田义伟：春节放假加班加点

田义伟

采访田义伟时，他们刚完成新一轮文稿修改。“昨天晚上组织专家审看电视片，每个专家都提出了不少修改意见，这些修改意见最终要集中落实到本子上，这就是我参与《东方主战场》创作的一项工作，每次大的修改都是如此。”作为军事科学院的一名政治工作干部，田义伟是最早参与创作的撰稿人之一。“我在创作组里任务不少：一是负责院内创作组的协调工作；二是第6集《民族血脉》的学术撰稿；三是参与文学撰稿的研究讨论和修改。”

田义伟说，这次《东方主战场》的撰稿是集体智慧的结晶。“我院政治部副主任宋文彬，不仅在总体创作上出思路、把方向，而且经常参与具体文稿修改，有了新想法立即和我沟通，有时候半夜都会给我打电话。于江欣研究员撰写文稿字斟句酌，争论起来言之凿凿、不依不饶。姜铁军主任是我院权威的军史专家，他日常工作很多，只能在节假日或晚上抽时间写稿。有一天我去给他送材料，随口问，你吃饭没有？他说，忘了，顾不上。”两年来，无数次讨论，无数次修改，专家们的敬业、奉献让田义伟感动。

2015年春节假期，别人欢天喜地过大年，军事科学院的创作组仍然忙碌。就在春节前不久，他们接到最新通知，原本 10 集的纪录片文稿要压缩调整为 8 集，这几乎是颠覆性的修改。“那是我们的攻坚阶段。”田义伟说，“大家都放弃了春节休息，加班加点，初十就赶出了新一版的文稿。”

“我长期从事宣传工作，不是研究抗战史的专家，这是我第一次参与纪录片的撰稿。”田义伟坦言他起初接受撰稿任务时很有压力，更何况他所负责的“抗战文化”这一集，是春节前夕才刚刚确定的新增内容，之前的资料依托几乎是零。为了在正月初十之前交上第一稿，短短 20 多天里，他啃完十多本著作，记了厚厚一大本笔记，每天只睡 4 个小时。

“同一个人物，不同历史阶段，职务很可能是不同的，不仔细核对，就容易出错。同一件事，不同的资料表述不同，就要去论证，选出更接近历史真实的那一个。”在田义伟看来，军事科学院创作的学术文本，必须经得起观众与历史的检验，“一定要保证准确性、权威性，要经得起推敲”。

王久辛：让历史叙述有生命感

在“侵华日军南京大屠杀遇难同胞纪念馆”的邓小平题字的纪念墙对面，一块长达 39 米的铜质诗碑镶嵌在墨色大理石内，题为《狂雪——为被日寇屠杀的 30 万南京军民招魂》。冷峻的意象、凛冽的激情、强大的追问、深刻的反思，这长诗深深震撼着平均每天 3 万从它面前经过诵读的人，诗的作者就是军旅诗人王久辛。

王久辛加入《东方主战场》的撰稿团队，会给这部纪录片带来什么？“事实上我介入的时候，军事科学院的专家已经给出学术文本了，人家已经做了99%的工作，我只做了1%的微薄‘贡献’，”王久辛笑道，“我是一个作家，我不是研究历史的。我能做的就是文学上的努力，在绝对不伤害历史文本原义的基础上，把历史叙述变得有生命感。”

王久辛

每集纪录片给观众的第一印象就是它的标题，短短4个字，却意蕴丰富。要拟出一个好标题不容易，“每一集都要提炼出内在思想性”，为此王久辛逐字逐句地梳理历史文稿，希望找出其中隐藏的历史规律。第7集讲的是全民族抗战，原本的标题是《同仇敌忾》。“不准，不美，不新鲜。尽管也是表达全国各地都在抗战，但是让人感受不到960万平方公里大地上的抗战力量。”

夜深人静，王久辛却没有丝毫睡意，影视之家的走廊里静悄悄的，他像一个苦吟者，一边来回踱步，一边反复咀嚼、推敲。台湾义勇军的抗战，新加坡华侨的抗战，西藏、新疆以及回民支队的抗战……一幅幅鲜活的画面在他脑海里流动起来，灵感像一道光照亮他的眼睛。“我决定这一集叫《大地坚韧》，从南到北，从东到西，从海内到海外，我们同根同族、血脉相连的中华同胞，都在扛着苦难，努力守护这片土地。”王久辛的想法得到专家们的一致赞同。

王久辛负责后4集文稿的润色，一字一句都绞尽脑汁。他说这是写历史，所以绝对不能展开想象地写，必须是循史而作，在准确上用心，在准确的基础上再努力实现美妙。40天，他住在“影视之家”，一心扑在工作上，外地读书的女儿放假回来，眼看又要回去，他却只见过两面。尽管如此，他一直表示自己做的不多，“但是自问尽了最大努力”。

李继锋：斯文人也说了重话

三十多年抗战史的研究积淀，十六年历史纪录片的策划及撰稿经验，让李继锋当之无愧地成为《东方主战场》撰稿团队的一员。李继锋表示，《东方主战场》的立意很豪气，但难度极大，“世界反法西斯战争的大格局和我们中国传统的抗战的表述如何很好地融合起来，表达是不是精准，是不是自然贴切，这很有挑战性。”

李继锋最初的工作，是将军事科学院专家组已完成的学术文本电视化、故事化，使之更适合观众的观赏习惯。比如毛主席的《论持久战》如何在电视上呈现，“如果孤零零地拿一本书在讲，感觉就不对啦”。第3集里，李继锋将毛主席的持久战的思想和众多战役、战争进程建立起密切联系。“武汉失守至太平洋战争爆发，是抗战相持阶段的前期。毛主席之前就预判到，中国的抗日战争会比较漫长，尤其是相持阶段会比较漫长。我们把这一时期的昆仑关战役、长沙会战、黄土岭战役、百团大战巧妙衔接，用以印证毛主席的持久战思想的睿智和游击战略的创意，正因为有正面战场和敌后

李继锋

战场的战略性配合，才使得持久战的局面成为现实。”

第 8 集讲到受降仪式，“我提出把高邮受降一起写进去，高邮受降是中国共产党军队接受日军投降，投降的场所至今还保留着，只是以前电视上没有表现过，我觉得加进来这样一个具体的受降仪式，能够弥补受降方面长久的缺憾。”

只要有新版本的修改稿诞生，所有专家都要一起开会讨论。您一定不会想到，这些平日里斯斯文文的专家，也会“吵架”说出重话。“我这人性格还是很平和的，极少发火，自己也没有想到，讨论的时候会和人家争得脸红脖子粗。不管意见是不是被采纳，我必须直言不讳，我认为这是对抗战历史必须要负的一种责任。为了片子更好，我还是要讲出自己对抗战史的认知，为创作多提供一种思路和想法。”

文稿多次修改，经李继锋手的就有两次从头到尾的大改，那段时间压力很大，房间和食堂两点一线，经常睡不成一个囫囵觉。尽管如此，参与“今年最重要的一部抗战纪录片”的创作，让李继锋深深感到，“我们对抗战的研究还远远不够，我们的作品还远远配不上抗战的伟大。”

（《中国电视报》记者孙莲莲）

用影像讲述民族的命运

——访编导团队

每一部成功纪录片创作的背后，都有一个“战绩辉煌”的团队，8集大型纪录片《东方主战场》也不例外。在这个团队中有“久经沙场”的电视人，如参与过《国魂》、《1937南京记忆》、《中国路　中国梦》等创作的张宝平、顾翔、欧阳斌、张建勇，也有“巾帼不让须眉”的女编导，如参与过《旗帜》、《延安延安》等创作的徐洁、赵韬，还有“青春朝气”的生力军，如参与过《与祖国同行》、《血性军人》、《古田会议铸军魂》等创作的刘阳、任海……

每一位参与《东方主战场》创作的编导们都将自己的创作理念与民族的命运联系在一起，用光与影讲述一个民族的苦难与辉煌。

有一种力量叫全民抗战

“中国的抗日战争，是全民族的抗战。”这是编导欧阳斌在采访中和记者说的第一句也是最多的一句话。来自云南的欧阳斌对他生活的那片土地有着极其深厚的情感，这一次参与《东方主战场》的创作，他也是主要负责在云南的拍摄，而其中关于滇缅公路的记忆令他动容。

欧阳斌告诉记者，在滇缅公路拍摄的日子里，很多人和事都给他留下了不可磨灭的记忆，“云南省大理白族自治州漾濞县太平铺村是横断山深处一个彝族聚居的小山村。村子里，人们不紧不慢地做着自己的事儿，90 岁的梅品珍老人是我在那里采访到的一位当事人。”

梅品珍家门前的这条公路，就是抗战时的老滇缅公路，高速公路修通后，这里已经不是通往滇西的主要交通干线。但在七十多年前，这条公路却是事关中国抗战命运的生命线，这条公路是梅品珍和 20 万像她这样的普通老百姓用双手硬刨出来的。当年 14 岁的彝族姑娘梅品珍是这些劳动大军中的一员，与她一同被征调来修建滇缅公路的，还有她的父亲和 3 个兄弟。

欧阳斌告诉记者，滇缅公路是中国，也可能是全世界最艰难的工程，因为它经过的路段 80% 是崇山峻岭，此外，还要跨越中国最湍急的河流怒江和澜沧江。没有重型机械，没有烈性炸药，坚硬的岩石是用火烧热后，浇上冷水，使得岩石膨胀裂开，再一锄一镐地撬开、搬

《东方主战场》总导演闫东（前排左一）与编导团队讨论节目方案

走。“梅品珍的一个哥哥就死在了筑路工地上。据不完全统计，滇缅公路每修通一公里，就有 7 位筑路者倒下去。这条曾被美国工程师认为需要 7 年才能修通的公路，在中国百姓抗战的热血拼搏中，仅仅用了 14 个月的时间就全部竣工。”中国民众坚忍不拔的韧劲，成为横在日本侵略者企图征服中国，进而征服世界狂妄野心面前的一道不可逾越的万里长城。

有一种感动叫默默无闻

在艰苦卓绝的抗日战争中，涌现出无数值得我们民族纪念的英雄。然而也有一些人，他们为国家、为民族奋勇杀敌，甚至付出了生命，但却并不为人所知……

编导顾翔对于抗战题材的把握可谓驾轻就熟，去年在央视播出的大型纪录片《1937 南京记忆》就是由顾翔担任撰稿。即便如此，顾翔对于此次创作仍然投入了全部的热情，“做编导必须下到最基层的地方，听听老百姓的心声，讲讲他们的故事。”

在外拍中，顾翔来到一个海边的陵园，准确地说应该是一个坟场，“这里曾经打响了著名的淞沪会战，当年有一个营的兵力负责驻守这里，但由于敌我力量的悬殊，500 多人战死，唯一活下来的一个人就在战友的尸体中用仅有的机枪向敌人扫射，打死 30 多人。敌人为了消灭这仅有的力量，动用了 100 多门炮，最后把这个战士炸死……”直到今天，我们也无从知晓那些英雄的姓名，但正是这些无名英雄，成就了我们今天的幸福与安宁。

而在编导张建勇的创作中，也有一个人对他影响很大，这个人虽然没有出现在片子中，但却给了张建勇很大的创作动力。在前期采访中，张建勇接触到了一位国家文物局的老先生。老先生姓谢，已经90多岁了。1945年，谢老先生曾经参与了自甲午战争以来流失日本文物目录的编写工作，用于战后索赔。“老先生当时用了8个月的时间，整理了过万种的文物资料，为了更好地保存这份目录，老先生用复写纸留存了10几份。新中国成立后，老人仍然在保护文物的第一线工作，他最大的愿望就是能把这份目录出版。但是几十年过去了，一直没有消息。直到几年前，终于有出版商将凝聚了老人一生心血的目录结集出版，共三大本。”老人说，民族的历史不能断，他只是做了自己应该做的事情。

有一种美丽叫巾帼英雄

在一般人的印象中，像《东方主战场》这样涉及战争、历史等题材的纪录片大都是男编导所擅长的领域，而在剧组中却有两位女编导徐洁和赵韬，虽然她们看上去温婉柔弱，但在创作的过程中却丝毫不含糊：出外景、进机房，跋山涉水……她们的敬业与付出，让剧组的其他男编导都感慨：巾帼不让须眉！

对于徐洁而言，来到央视10年的时间，诸如《旗帜》、《国脉》、《中华文明》等多部大型纪录片的创作经历，让她对《东方主战场》多了份从容与自信。作为第一集的编导，徐洁的压力可想而知。除此之外，她还负责整个剧组的资料管理，“最初接到创作任务的时候，多少还是有些担心的，因为我负责的是从1931年到1937年这段历史。关于这段历史，国内现有的资料大部分是图片，仅存的文字也只有两三句，如何丰满地展现这段历史是我必须要面对的问题。”

带着些许的担心，徐洁开始了这次全新的创作，当她遨游在浩瀚的国内和国际资料的海洋中时，她惊喜地发现了许多新鲜而又有价值的“宝贝”。徐洁告诉记者，在整个创作过程中，只要是和抗战沾点边的资料她几乎都不会放过，“一次，我无意间在网上看到一本当年日军随军记者写的书，书上正好有几张关于日军轰炸北大营的照片，于是，我们托付在日本的同事一定要找到这本书。”说起来简单，但寻找的过程却并不顺利，“由于市面上找不到，于是我的同事又将视角转向了日本的旧书市场，终于在一堆无人问津的旧书中，淘到了这本书。”

和徐洁一样，赵韬也是剧组中的女编导，她说起话来柔声细语，但在创作中却敢打敢拼。据剧组的其他同事介绍，她的孩子今年正面临升学，但在这个最关键的时候，她却在老区、在深山中采访，无法陪伴在孩子的身边，“我曾经采访了一个老兵，已经九十多岁了，因为身体原因一直住院，听说我们要来，不顾家人的反对坚持接受采访。因为耳朵听不清声音，老人家让我们把问题写在小题板上，当说到当年牺牲的战友时，老人家几度哽咽……每一次采访，都仿佛是对自己的人生洗礼。比起他们，我们自己的那点小事又算得了什么呢？”

有一种精神叫青春无悔

刘阳和任海是《东方主战场》剧组最年轻的两位编导，虽然年轻，但是他们的经历却一点也不简单。在央视军事节目中心多年的打磨，多部精品赫然在目。虽然被剧组的其他人叫作“小伙子”，但这两个小伙子的责任感却令人钦佩，用他们自己的话说：要给民族一个交代。

在外拍采访中，一对普通的中国母子让任海印象深刻，他们为一个外国人守了半个多世纪的墓。抗日战争时期，苏联飞行大队长库里申科来华同中国人民并肩作战，他曾经动情地说："我像体验自己祖国的灾难一样，体验着中国劳动人民正在遭受的灾难。"最终，他长眠在中国的大地上。任海说："魏映祥和他的母亲在重庆万州西山公园，一直默默守护着库里申科烈士墓。魏映祥曾和我说，当初他接母亲班的时候母亲就跟他讲，中国人是知道感恩的，库里申科烈士是为我们国家的解放事业献出了生命，我们要永远守护烈士的墓。"在重庆拍摄的时候，一直下雨，但当任海和同事们怀着敬仰的心情来到库里申科墓时，天竟然放晴了……

虽然是剧组中最年轻的编导，但刘阳所表现出的成熟和使命感，让记者很是感动。在采访中，"刘老庄连"给了刘阳极大的感触。

刘阳告诉记者，当年在刘老庄，新四军所属四连为掩护淮海区党政机关和大批群众转移，毅然决定放弃突围，同敌人拼死一搏。"从拂晓战至黄昏，四连打完最后一颗子弹，之后装上刺刀，与敌人肉搏。最后，82 位勇士全部战死。乡亲们用自家棉被收殓烈士，为他们建起一座高高的坟茔。刘老庄人挑出 82 个子弟组建起新的四连，从此，四连被命名为'刘老庄连'。"

在采访中，还有很多朴实的老百姓也感动着刘阳。在山东省沂南县马牧池乡东辛庄村一幢百年老屋，里面曾住过一位百岁老人。这位一辈子劳作的沂蒙母亲，眼看着无数年轻的八路军战士，为保卫沂蒙一片片倒下，留下的遗孤无人照看。于是她不顾危险，将几十个孩子收养到自己家里，并把烈士的孩子交给正在哺乳期的儿媳，让儿媳把奶水让出来，还和家里人说："这是烈士的后代，让他们吃奶，让咱的孩子吃粗粮。咱的孩子就是死了你还能生育，烈士的孩子死了，就断了根了。"

"正是依靠人民、发动人民、武装人民进行敌后游击战，才是实现持久抗战、全面抗战的重要支撑。这不仅仅是一句口号，更是老百姓用真心和生命谱写的。"刘阳如是说。

（《中国电视报》记者司楠）

越接近历史越感责任重大

赵阳：肩扛摄像机的大校

赵阳

赵阳是央视军事频道的摄像，现役军人，多年担负国家、军队重大文献题材纪录片摄制任务。1994年8月，拍摄大型文献纪录片《邓小平》，赵阳第一次走进太行山脉，2005年拍摄纪录片《仁马太行》，他又两次入太行。而在《东方主战场》中，他负责河北和山西的拍摄，带着“陆海空联合作战队”第四次挺进太行。“我是陆军，摄像助理文斌曾是海军，司机武师傅曾是空军，灯光小潘曾是环游世界的水手……所以我们叫‘陆海空联合作战队’，”赵阳笑着说。

这支队伍在赵阳的带领下训练有素，制定了严格的作息时间，拍摄中分工明确，捕捉到了珍贵的影像。而四次入太行的赵阳几乎是“活地图”，他对这里的地形十分熟悉，在车辆的行进过程中，他甚至可以清楚地说出前方哪里有小路，哪里有大山，哪里有村庄。摄影程彪说，在很多偏远山区，当地人都不知道的抗战遗址，赵大校却能带着他们直奔目的地。“1940 年 8 月，刘伯承和邓小平在山西涉县下温村的一个天主教堂召开‘一二九师高干会议’，研究部署参加百团大战的具体任务和行动。我们到了下温村，赵大校说他去过，可以凭记忆带我们去，按照他指的路，竟然很快就找到了。”

作为一名军人，赵阳对抗战相关史实非常了解，队员们都笑称他像一本“历史书”。在山西太原的荣军院，一位老八路因年纪大，很多战斗的具体时间都记不清了，而赵阳却对老人所提到的每一场战斗的时间、地点和作战双方具体情况都了如指掌，及时进行了更正。不仅如此，赵阳还有“观天象”的本领。6 月 18 日，摄制组到达狼牙山时已经是下午 4 点多，当天艳阳高照。摄制组原计划当天休息，第二天再进行拍摄。但赵阳抬头看了看天说：“明天很可能阴天或多云，今天得上山去抓拍一些晴天的景别。”于是车一停，还没办理入住手续，他就带着队伍扛着设备直接上山了。拍摄完成之后，山上漆黑一片，一行人打着手电步行了一个多小时才走下山。第二天一早，果然如赵阳所料：阴天。

拍摄过程中，赵阳还利用休息时间拍摄了很多计划之外的故事，所到之处所有涉及抗战的内容，他都尽可能拍全，为后期多积累一些素材。摄制组在山西代县黑石头沟村拍摄雁门关伏击战遗址时，经历了下雨、手机没信号、迷路等多种困难之后，终于完成了拍摄任务。这时候，赵阳在跟村民交谈的过程中，得知当年周恩来和阎锡山商议合作抗日的太和岭口会谈遗址就在附近。他算了算时间，决定压缩午饭时间进行拍摄。这个计划外的拍摄最终也被用到了片子中，而同样是计划外的七亘村战斗、关家垴战斗、阳明堡战斗等相关内容，最终也都被用在了片子中。

6 月 17 日，在河北省城南庄的晋察冀边区革命纪念馆，赵阳带着团队在近 40 摄氏度的高温天气下进行外拍。拍到聂荣臻的塑像时，队员们打了一盆清水，借来了梯子，浸湿毛巾后开始擦塑像。制片主任王宇说，这并不是第一次，之前还擦过左权、白求恩、崔振芳等英雄人物的塑像，“一路上，每到一处我们都是先擦塑像再进行拍摄，这是赵大校立的规矩。一方面是为了拍摄效果；另一方面也是表达对革命先辈的敬意。”

记者了解到，在拍摄期间，摄制组每天早上 7：30 集合雷打不动。全天拍摄完成，最早也在晚上八九点左右，但不管拍摄多晚结束，赵阳都会认真做完场记再睡觉。导演赵韬告诉记者，赵阳做的场记是她见过最准确、最细心的，采访中涉及的当地方言他都会标注出来，为后期制作省了不少力。不过，赵阳对自己的生活却没有那么细心。有一天晚上，他在做场记时，队员们几次提醒在拍摄中受伤的他喝止咳糖浆和涂烫伤药，他一边答应着，一边却错把止咳糖浆当成碘伏涂在伤口上进行“消毒”，做完场记，他闻到味道不对才发现。

外拍工作结束后，赵阳立即投入到后期的编辑工作中，跟着导演们一起熬夜编片子，导演刘阳说，赵大校是铁人，好像一直不知疲倦。而当后期制作进入尾声，大家终于能松一口气的时候，赵阳又住进了“阅兵村”，开始准备参与 9 月 3 日阅兵纪念活动的拍摄。《东方主战场》第一集出现的第一个画面就是他拍摄的阅兵训练场面……

王森：让每一个镜头都有温度

“让每一个镜头都有温度，赋予每一个镜头生命”是此次负责《东方主战场》外拍工作的导演王森在接到创作任务之初就给自己定下的目标。

在王森看来，拍摄本身并不难，难就难在如何让每一个镜头都“活”起来，为了给参与创作的编导提供更为鲜活和高质量的镜头，王森不仅详细制订了分镜头脚本，更在实地拍摄中高标准、严要求。比如在拍摄卢作孚雕像时，摄像师按照常规的模式拍完后，王森仍感觉缺点什么，思来想去他的眼睛亮了，“卢作孚雕像的底座嵌在一个水池中，微风吹过，水池中雕像的倒影让我一下子有了一种历史与今天的恍惚感。”正是王森这样对于每一个镜头近乎严苛的要求，才使得编导们在后期创作中有足够多可用的镜头。

作为这部纪录片的外拍负责人，王森不仅要考虑到每一个镜头的设计，更要为每一次拍摄的落实前后联络，多方协调，“我们按照地域分了 7 个组，数月时间内，摄制组远赴 20 多个省区市，这些地方大都比较偏僻，有的地方甚至不通车，几十斤甚至上百斤的设备都是靠摄影师们肩扛手提。此外，我们还有个不成文的约定，1000 公里以内开车，1000 公里以上才坐飞机，这也为我们避免了因为航班延误而浪费时间。”在后期制作的时候，王森粗略地数了数外拍组走过的地方，大约有 187 个点……

王森

由于拍摄地点众多，时间紧迫，为保证摄制组可以在不同的地点无缝衔接，王森必须要完成大量的联络工作，

“手机、座机一起上，多个电话一起接，睁眼的时间基本都在联系拍摄事宜，电话有时热得都烫耳朵。”采访中，王森特别嘱咐记者，希望能感谢那些在拍摄中默默付出的人，比如摄影师张世君、强涛、呼胤……他们与我们一起，为了创作出一部精品而四处奔波……

孙培强：无人机航拍“惜电如金”

孙培强是航拍组的导演兼摄像，此前有着多年航拍经验，但他坦言这是最紧张的一次，“在不到两个月的时间里，我们的航拍覆盖了10个省的28个市县，总行程约两万五千公里。”孙培强告诉记者，日出和日落的光线比较适合拍摄，所以拍摄期间，航拍组每天凌晨4点左右就要起床，赶在日出之前到达拍摄地点，而每天晚上日落之后收工，还要整理素材，为设备充电，基本都是晚上12点以后才能睡觉。所以每天的睡眠时间非常有限。

孙培强

“以前在航拍中使用固定翼飞机和直升机比较普遍，这次运用了刚刚兴起的小型无人机航拍技术。”孙培强说，小型无人机有很多优点，因其体积和重量不大，携带和使用都很方便。拍摄时，人在地上遥控飞机，对地面情况更了解。而同时，低空拍摄效果比直升机更理想，“直升机在低空拍摄，距地面50米距离时，带起来的风力就很大了。而这个小型无人机只要真高2米以上、500米以下，基本都能拍出理想效果。”

孙培强对这次的“武器”很满意，不过它带来的麻烦也不少。航拍组面临的第一个难题就是无人机耗电快的问题。孙培强说，小型无人机耗电量比较大，一般一块电池只能用 15 分钟左右，而他们的电池一共就 10 块，航拍的地点又大多在户外，没地方充电，所以拍摄过程中可以说是“惜电如金”。“我们拍摄的计划性是非常强的，拍摄之前徒步勘察地形，精心选择拍摄地点和角度，设计好航线，精确到一块电池拍多少景别，以减少浪费。”

拍摄过程中，航拍组携带的航拍设备重达百斤，“无人机两架——一架主机、一架备机，电池 10 块——每块都重达三四斤，再加上监视器、三脚架等其他设备，我们的行动可谓步履艰难，但也感受到了当年八路军将机器、原料运输到这里建厂的艰辛。”孙培强说，看着七十多年前打击日寇的战场在航拍镜头中不断掠过，他们越发感到自身责任重大。

刘斌：记录来自日本的声音

《东方主战场》日本摄制组的负责人刘斌告诉记者，赴日本摄制组此次采访了多位研究抗日战争的日本专家以及曾参与侵华战争的老兵，从日本人口中再次印证了这场战争的残酷。而这些日本人能接受中国媒体采访，其实并不容易。

“老兵冲松信夫是日中友好原军人之会的成员，他的经历很传奇，二战期间是日本空军中尉，当年他的任务是培训特工队的飞行员进行自杀式袭击，他也被安排在 1945 年 8 月 15 日去执行袭击任务。而那一天因为日本投降，原定的袭击计划取消了，他才免于一死。”参与此

刘斌

次拍摄的王翔说，这位老兵现在跟亲戚住在同一个院子里，当天摄制组进入他家拍摄，他的亲戚十分不理解，劝说老人不要接受中国媒体的采访，但老人还是坚定地接受了采访，这让他们很感动。

"聂荣臻在抗日战争时期救助日本小姑娘加藤美穗子的故事感动过很多人，如今七十多年过去了，我们在日本再次采访到了美穗子，她的家中至今还摆放着聂帅和她的合影、聂帅送给她的画。"刘斌说，美穗子是让他印象深刻的一个采访对象，"她把这些年珍藏的跟聂帅相关的物品都展示给记者看，说自己和3个女儿都是日中友好协会的成员。我们能感受得到她对聂荣臻元帅的感激之情。"

除了采访和拍摄，赴日摄制组还担负着历史资料的搜集工作。"摄制组出发前，就拿到了一份编导组列出的需要寻找的史料清单，这份清单上三分之二以上的珍贵史料都找到了。在寻找过程中，摄制组也跟编导组保持联系，他们看到相关的资料，都会问后方是否需要，得到肯定答复他们就尽量把资料保存下来。"刘斌告诉记者，赴日摄制组从日本国会图书馆、防卫厅资料馆、NHK电视台、大学、二手市场等地搜集购买了大量素材，其中包括伪满洲国期间的图像素材、日军轰炸重庆的作战图、华北扫荡时的作战手册等一手材料。

（《中国电视报》记者王晶、司楠）

时间已经不能阻挡我们

——视觉指导国雯

在采访每一位幕后主创的时候，“时间紧、任务重”似乎已成为每个人的口头禅。视觉指导国雯在阐述这个问题时，给记者举了个非常具象的例子。拿团队以往的经验来说，轰动一时的《水脉》同样是一部8集纪录片，他们前后制作了大约两年的时间。“两年是比较合适、从容的时间，而按我们从前的经验，这次《东方主战场》的工作量，无论如何也应该超过10个月的时间。但从5月底开始全面启动，到8月初几乎达到完成的标准，仅仅两个多月。”国雯笑言，若不是亲身经历，若不是真的看到了成果，她绝对不敢相信时间俨然已经不能成为阻挡他们的绊脚石了。

按照粗略统计，两个多月的时间，整组人马共做了超过5000秒的视觉效果。由于脚本的反复调理，8集成片中使用了大约3000多秒。至于剩下的1000多秒，国雯解释说，随着内容的删减，他们已经做好的部分自然也随之删减，而新增的内容也将带来新的任务。

虽然时间如此紧张，但是对整个团队来说，制作的要求却并没降低，反而提高了。让所有人倍感自豪的是，从视觉效果的角度而言，8集纪录片，每一集都有一个亮点，也就是一段平均一分半钟的动画制作，比如讲述夜袭阳明堡、夜袭出云号、淞沪会战、日军轰炸商务印

身经百战的视觉制作团队

书馆等历史事件。视觉导演赵衍雷补充说道，每一段特效动画的制作都是在绝对恪守客观事实的基础上完成的，从设计、制作到最终完成，需要一轮一轮地开会、研讨、论证等。如夜袭“出云号”，“出云号”作为当时日军的旗舰究竟是什么样子，中方又使用了什么样的快艇和鱼雷、什么样的方式来作战，双方的具体位置在哪儿，甚至双方将士的着装如何，每个细节都要仔细考证。试想两个多月，除了披星戴月地制作，还要绞尽脑汁地设计论证，也难怪组里几乎所有人都着急上火，病过一轮了。

除此之外，他们还首次尝试用电影化的手法来渲染战争气氛，并用在一部纪录片里。“我们被要求所有视觉效果都要融入片中，融入环境中，绝不能突兀。”国雯坦言要做到不突兀并不容易。以人物肖像为例，大多纪录片中的肖像就是像照片一样出现在画面中，而此次《东方主战场》中，则要求大部分肖像去除照片中的各种背景，融入到镜头之中。工作人员必须仔仔细细地画图，然后运用三维技术、在电脑中制作模型，再经过合成、渲染、校色、绘制背景等十几道甚至几十道繁琐工序，才能完成一帧的画面。“一秒钟有24帧，而我们的5000多秒都是这样一帧一帧做出来的。”尽管国雯并没有再接着给记者算具体数据，但是数字的庞大显而易见。

（《中国电视报》记者李冰）

为了最好的声音效果

——访音乐编辑毛薇薇

音乐之于一部纪录片，无论是在风格的展现上，还是在情绪的表达上，或是主题的烘托上，绝对起到了举足轻重的作用。纪录片《东方主战场》在音乐方面也是下足了工夫。记者为此专访了该片音乐编辑毛薇薇。

据悉，从3月开始，音乐方面的工作就全面展开了，包括全片音乐的形象设计、寻找合适的作曲家、作词家、歌手等等。作为音乐编辑，毛薇薇和她的同事必须着手于剧本，跟每一位导演反复沟通、反复调整，设计出全片的整体音乐风格，以国歌的变奏来展现这段历史。等音乐风格、主题音乐确定，然后录制，最后才算真正进入音乐编辑后期工作。毛薇薇说，整部纪录片中，他们还使用了将近20首抗战老歌，用熟悉的旋律让观众引起共鸣，这也是这次音乐设计的亮点之一。

记者了解到，参与纪录片创作的整个音频团队共12人，包括主要负责音乐录音及制作的音乐编辑团队、寻找了上千张战争音效资料并进行了拟音工作的动效团队以及由科长苑学成亲自挂帅的、对音频进行细致修整的混录团队。毛薇薇说，从3月进入剧组工作开始，大家就进入了持续加班状态。开会、谈创作、和作曲老师聊音乐形象……

太多需要准备的事情，早上八九点一直讨论到深夜不足为奇。

而站在专业层面来看这次的声音创作，毛薇薇表示难度确实很大。在音乐主题和风格的设计上，就不容易把握。首先，《东方主战场》是一部纪录片，音乐应着重表现历史的真实性，刻画人物事件的内在情绪，力求做到国际视野。且由于本片的内容涉及大量激战场面，还原历史真实的再现动效非常多而且复杂，不能出错，音乐和动效的比例关系尤为重要，互相不能抢。而在动效上，团队需要还原很多历史战争的场面和声音，其中包括数百种枪炮声、战争场面、各种飞机轮船等。“我们找来了上千盘的资料，一个画面一个画面的寻找、核对。”毛薇薇特别举例说，第一集开头团队就决定大胆使用了一大段同期声。这些同期声是他们用尽各种方法从国内外搜寻到的素材，极具历史真实感，只有这样，才能尽最大可能还原精彩的历史瞬间。

音乐编辑团队（下排左一为毛薇薇）

采访的最后，毛薇薇颇为感慨，她说，不论是最初数易其稿的设计、调整，还是中间不厌其烦的录制、修改以及最后精益求精的完善、打磨，大家为的就是呈现出最好的音乐、声音效果，为的就是给这部鸿篇巨制锦上添花。

（《中国电视报》记者李冰）

幸运的合作让人意犹未尽

——访主题曲作曲董乐弦

拨通董乐弦电话，得知他当时正在上海出差，行程排得很满。道明来意，他痛快地答应接受采访。本以为这电话采访会很快结束，谁知聊起这次《东方主战场》主题音乐的创作过程，聊起和伦敦交响乐团的合作，董乐弦一下子打开了话匣子，说得极是尽兴。他在采访过程中，多次直呼："太幸运了！"连他自己都从来没想到，这次的创作、录制能够如此顺利。

从接到确切的通知由他来创作主题曲，到预定的交稿日期，只有13天的时间。"接到通知，然后接触剧组、剧本、导演，了解情况，开会讨论，之后才确定主题、风格……真正开始动笔写曲子，我只有11天的时间了。"从董乐弦的声音里，都可以想像到他苦笑的表情。对董乐弦而言，哪里需要费脑子去想时间来不来得及，因为答案昭然若揭：肯定来不及的。"有想其他东西的时间，还不如好好琢磨创作呢！"

为了全心投入工作，董乐弦直接搬到剧组来住，天天就窝在自己的小房间里埋头写、反复唱。"每天中午晚上去食堂吃饭，吃了饭到楼下小院走几分钟透透气。最多算得上出屋，都算不上散步，可于我而言，这样的'放风'已经太奢侈。随后赶紧回屋继续工作。"董乐弦几

董乐弦（中）

乎就是在这样周而复始的状态下度过了11天。就是这11天，他创作了包括主题曲在内的52分钟主题音乐。“我都没想到自己能完成，一切竟然这么顺利！”董乐弦笑着说。

然而顺利的并不仅仅是创作的过程。董乐弦和国际上一些知名交响乐团有过合作。可这次录制《东方主战场》的音乐，是与从未合作过的伦敦交响乐团合作，这要得益于导演组。总导演闫东说，伦敦交响乐团不仅是世界最著名的乐团之一，中英两国当时又是同盟国，故此次的合作就更有意义了。“我的运气实在太好了！剧组要求我7月20日至25日完成录音，最好能在23日完成。伦敦交响乐团刚好7月21日、22日两天有空，可以完成录音。而我们心仪的录音棚也只有这两天有档期。23日，就被伦敦爱乐乐团预订下来了，”董乐弦接着说，“这个录音棚也了不得，不仅是世界最有名的录音棚之一，也是这几个交响乐团的长期合作伙伴，当年让披头士成名的唱片就出自于这里！”

虽然对方是非常专业的交响乐团，但在正式接触前，董乐弦也一度有点担心双方基于文化差异和对音乐的不同理解，影响合作的顺利。“据说这也是伦敦交响乐团第一次演奏录制中国作曲家的作品，我自然很忐忑他们是否认可我的作品。毕竟乐手对作品的态度和理解直接影响着最后呈现的结果。”董乐弦的担心最后被证明是多余的。伦敦交响乐团总监在休息时和董乐弦说，他们的团员非常专业，几乎从来不评价任何作曲家的作品，只是尽自己所能去表现好，但这次《东方主战场》的音乐却让大家非常吃惊，他们没想到中国作曲家的作品如此出色美妙。

他记得有一段小提琴独奏，排练时就博了个满堂彩。第一遍录制很成功，可他反复揣摩又觉得少了些什么。“他们演奏得很完美，但我自己写的曲子，我知道它的情绪可以被演绎得更好。”董乐弦试着和乐手、指挥商量，能否让自己亲自指挥。“我不是专业指挥，可大家欣然同意了这个请求。又是一遍排下来，我知道自己要的那段音乐有了！”演奏完毕，所有人都为他鼓掌欢呼。

（《中国电视报》记者李冰）

做好资料工作的全面保障

——访资料统筹张洁、资料编辑邓宙宙

资料组成员与导演开会讨论（左一为张洁）

总导演闫东数次提起，相比较于其他的纪录片作品，《东方主战场》在创作过程中，很好地完善并利用了资料编辑组。记者了解到，此次参与《东方主战场》创作的资料服务团队有近50人，梳理媒体资料系统内资料6批次，整理了30余部抗战专题片，下载资料超过320小时、近2400多条，版权梳理1900多条，回收外拍素材近100多个小时、113盘磁带，还有10盘硬盘，提供图片资料4200余张，图书资料100余册。“这次的纪录片有七八成的部分都是资料，我们这半年多的努力就是为了保障片中的资料使用。”资料统筹张洁如是说。

由于此次《东方主战场》是多单位联合制作，所以从最初资料编辑组就意识到，也许会有版权不清晰的问题。“这太正常了，因为资料使用量巨大，资料的来源又非常多，而每一位导演也有自己倾向使用

的资料要求。”张洁说，有了问题就赶紧解决，资料的版权一定要弄清楚，不然便会牵扯出很多麻烦。至于如何厘清每一帧画面、每一张图片、每一段文献的版权，张洁给出的答案是，每一集都对应一位主题资料咨询师，咨询师和分集导演一起，一帧一帧审看画面，按时间代码记录每一份资料的使用情况、版权来源。

直到 7 月下旬，整个创作马上进入最后阶段时，还有 40 多分钟的资料存在版权不清的问题。而资料编辑组面临的问题就是要么让导演替换有版权的资料，要么在最短时间内完成版权确权的问题。张洁说，整个资料团队加班加点，辗转多日，又找到两家负责部分资料版权的中国代理方；拿着梳理好的资料，负责版权的团队便展开工作。“我们理解并尊重导演对每个镜头的良苦用心，所以我们都会按照他们的需求去尽全力争取，希望展现给观众最好的画面。”

记者还与主题资料咨询师邓宙宙交谈，从中了解到，由于时间紧任务重，资料团队为了确保导演工作顺利进行，甚至安排值班，24 小时不间断工作。“我们在剧组所在办公楼存放了几百小时素材，导演若从中无法找到他们想要的，便直接给位于后端保障的央视资料馆值班人员打电话查询，然后派专人去取。”邓宙宙说，按导演的工作习惯，上午十点左右和晚上九点多钟都是集中取资料的高峰期，遇突发情况，半夜查找资料并立即去取的情况也发生了多次。邓宙宙肯定地说：“只要有资料需求，我们随时响应，绝不懈怠！”

（《中国电视报》记者李冰）

民族历史的国际叙述

——观电视纪录片《东方主战场》

中国人民抗日战争暨世界反法西斯战争胜利70周年之际，大型电视纪录片《东方主战场》隆重播出。将中国抗战与世界反法西斯战争密切相联共同纪念，这是改革开放的中国的一次郑重表达，电视纪录片《东方主战场》从片名即与此契合，这是中国艺术家在此时刻传递出的文化自觉。在所有抗战叙事里，《东方主战场》因此格外具有超越性品格。

但观众和读者切不可把这部纪录片看作是一次风格化叙事，以为是选择了一个独特视角、一个抗战历史的侧面而试图形成某种叙事风格。《东方主战场》是一部全面反映中国人民抗日战争历史的纪录片，它以庄重的品格，以抗战历史重大事件、重要人物、重要转折点为主线，全面叙述了从1931至1945年中国人民14年艰苦卓绝的抗日战争历程。战争的起因，日本的侵略，民族的反抗；敌人的残暴，战争的残酷，斗争的复杂；全民的反抗，正面的战场，敌后的游击，所有这些中国抗战的重要历史都在片中得到主体呈现，其间还有中国社会的变迁，民族内部的斗争以及政治、文化的风云变幻。在并不漫长的八集篇幅中，将中国人民抗日战争最终走向胜利的过程做了精确、权威的讲述。

《东方主战场》是一次具有广阔视野和高远立意的创作，特别是历史发展到今天，中国全面向世界敞开大门，中国社会从经济到文化全方位与世界接轨，中国的综合国力、国际地位决定了与国际社会对话的频率与高度。在这样的背景下，中国不仅是带着今天的成就、明天的理想走向世界，同时我们也会发现，其实中国的现代历史本来也是世界历史的一部分，我们对历史的书写应该也必须在世界背景下、以国际视野来重新面对和述说。中国人民抗日战争胜利的意义，是中华民族追求独立解放的过程，它同时也是世界反法西斯战争的重要组成部分，中国人民依靠自己的力量、以顽强的民族精神、英勇献身的战士取得了这场战争的胜利，同时也得到了世界上爱好和平的国际力量的有力支援和帮助，中国抗日战争的胜利为世界反法西斯战争赢得了时间，牵制了敌人，防止日本军国主义与德国法西斯的联合猖獗。所有这些战争事实我们曾经讲述，但或许未能专注并引起热议，中国抗战对世界的历史贡献也有论说但未曾从总体上加以强调。《东方主战场》正是在这样的宏阔视野下，站在时代的、国际的高度，对中国抗日战争历史进行了全面讲述。这一讲述的鲜明特点，正是这种世界格局下讲述民族历史的文化自觉，是一种将中国历史与世界历史融为一体的创作追求，在这一点上，它的新鲜性不仅是纪录片叙事手法上的突破和切入视角的求新，更是当代中国在新的国际背景下提出的必然要求，是世界反法西斯战争历史叙事必然对中国抗日战争历史叙事提出的要求，是中外历史学家和艺术创作者之间正当其时的结合。

强调中国抗日战争是东方主战场，使抗战历史的内容更加丰富。本片以大量史实证明，中国抗战与世界反法西斯战争是同步的，也是互相影响的，许多我们过去没有专门去表现的历史事实在这里呈现，许多不被注意、无法“归类”的史料得到很有分量的挖掘和运用。强调中国抗战的世界意义，还让我们看到了当时亚洲乃至国际社会的格局与形势，中国抗战的世界影响力与紧张感，中国抗战胜利对包括欧洲在内的世界和平进程的重要影响。

强调中国抗日战争是东方主战场，使中国抗战的伟大意义在国际上的评说得到彰显。在片中，既有斯大林、罗斯福、丘吉尔这样的政治领袖关于中国抗战对世界反法西斯战争特殊性、重要性的强调，也有许多权威的国际历史、军事专家对此做出的评价。并非说别人说的更可信，而是说这些论述极大地丰富、提升、佐证了我们的历史和历史评价。说服力更具饱满性和坚实度。《东方主战场》为观众提供了大量有关这一话题的资料和事实。

强调中国抗日战争是东方主战场，并没有稀释反而加深了中华民族追求独立解放的根本要求。和所有受到法西斯侵略、欺侮的民族一样，中国人民在抵御外侮过程中付出了极大的代价，而且正像片中所述，中国抗日战争开始时间最早、经历时间最长、付出的牺牲最大、消灭的日军最多。旧中国是封闭落后的，但中国人民抗日战争却是世界的，它的胜利首先是中华民族独立解放的不朽丰碑，是中华民族不可战胜的伟大精神力量的体现，同时也是同世界上其他反抗侵略、追求解放的人民的呼应。

强调中国抗日战争是东方主战场，使全民抗战的历史在更大背景下得到表达。无论是正面战场还是敌后抗战，无论正规军还是游击队，所有的力量都应当是抵御外侮的不可缺少、不可替代的力量。中国抗战是中国全体人民的抗战，而且历史的事实也证明，中国共产党的中流砥柱作用是抗战胜利的根本保证，以毛泽东为代表的中国共产党人同时也是具有国际视野、世界胸怀的先进力量。片中以大量史实资料证明，无论是在延安还是广大根据地，不但活跃着国际反法西斯进步人士的身影，而且国际反法西斯形势也一直是延安关注的焦点。

强调中国抗日战争是东方主战场，使历史的叙事有了新的支点。更具广阔性、丰富性的叙述，使本片的艺术格局天然增大，格调自然提升，品质更具学术、艺术的意义和价值。全片体现出庄重的叙述风格，严谨的学术态度，扎实的论证逻辑，丰富的史实画面，让历史说话，用事实发言。艺术上也体现着完整、严谨的特色，舒缓的音乐与从容的解说，有序的章节与主题推进，都使本片呈现出美学的历史的较好结合的气象。在纪念中国人民抗日战争暨世界反法西斯战争胜利70周年之际，本片的播出是一次历史启迪与艺术感染的成功实践。

（阎晶明，中国作家协会书记处书记）

站在历史的河畔

从1931年到1945年，中华民族的抗日战争，进行了整整14年。这14年间，凝聚着悲伤与泪水，呐喊和抗争，夹杂着伤痛与风雨，光明与黑暗。就像一条浩浩荡荡的大河，在历史广袤的原野上，裹挟着无数的记忆奔腾流淌，它用血一样的颜色，滋养和改变着民族的气质与灵魂，也让我们的命运，从百年的耻辱中，步履蹒跚地走上了新的方向。

这条大河亲历并见证了这段历史，就像这本书的文字，真实、客观，呈现了历史的原貌，也记录了《东方主战场》原创团队辛勤奋战的点点滴滴，更展示了《东方主战场》编写组——影视同期书团队兢兢业业、团结一心所结的累累硕果。

2015年6月，影视同期书团队开始与大型纪录片《东方主战场》摄制组团队接触，聊想法、谈构思，立创意，在两个团队彼此一次次的接触中，图书的章节内容逐渐浮出水面。作为一部格局宏阔、史料准确、影像精彩、手段高超，能够代表国家观点、国家立场，具有国际视野和国际水准的纪录片，在8月25日央视各频道播出后，获得了观众和专家的一致赞誉。随后，该片将在全国各卫视台轮流播出，直到年底。

7个月时间，该片已经突破了一部大型纪录片创作时间的极限。资料组搜集了130余部相关作品的影像资料，4200余张图片资料，作为该片强有力的历史影像支撑；6个摄制组、一个航拍组、一个应急采访组共8路人马，马不停蹄地奔赴全国22个省、区市，实施紧锣密鼓的前期采访拍摄，共计采访抗战老兵、当事人、见证者100余人，分别在美国、英国、日本、俄罗斯组织拍摄，采访权威专家学者数十人，采访拍摄抗战遗址、遗迹187处，总行程近2.5万公里，累计拍摄素材5000多分钟磁带及近30T的数据素材；为了呈现更好的视觉效果，央视组织近百人的视觉制作团队，制作了3327秒的动画；伦敦交响乐团90位优秀乐手为《东方主战场》演奏主题音乐，并由武警文工团男声合唱团80人演唱主题歌曲《民族辉煌》，所有参与创作的人员超过了600人。

在这些数字的背后，是所有创作者对于民族的苦难、对于国家的历史，心中的一份责任和担当。与此同时，该影视同期书的出版，是编辑团队身负民族紧迫感、责任感和使命感，克服诸多困难，夜以继日、不辞辛苦，满负荷甚至超负荷工作，在社领导和中心领导的带领下，全员努力的结晶。我们希望能够通过这部作品，让更多的人，尤其是年轻人，能够清楚地认识到，我们的父辈以及脚下的这片土地，为何会遭遇到如此深重的灾难，家国情仇的背后，有着何种复杂纠结的历史渊源，战火之中，民族的精神又是如何划破重重黑暗照亮前路，中国抗战，又是因何成为世界反法西斯力量的重要支柱……

历史的深度与世界的宽度，是一部8集纪录片和一本图书所无法覆盖的，我们仍渴望不断地沉浸其中，去发现、去思索，同时，我们也希望能和广大的读者一起分享这条追寻之路上的所听所感，所思所想。

《东方主战场》一书付梓出版，为此我们深感欢欣鼓舞。当人们掩卷之时，期望《东方主战场》能让我们铭记历史，不忘战争之殇，让和平的阳光永远温暖大地！

《东方主战场》编写组

2015年9月初秋

图书在版编目（CIP）数据

东方主战场 / 《东方主战场》编写组编著. — 北京 : 中国广播影视出版社, 2015.9
ISBN 978-7-5043-7515-5

Ⅰ. ①东… Ⅱ. ①东… Ⅲ. ①电视纪录片—解说词—中国—当代 Ⅳ. ①I235.2

中国版本图书馆CIP数据核字(2015)第211334号

东方主战场

《东方主战场》编写组　编著

出版人　王卫平
总策划　林　曦
责任编辑　刘郝姣
装帧设计　亚里斯

出版发行　中国广播影视出版社
电　话　010－86093580　010－86093583
社　址　北京市西城区真武庙二条9号
邮　编　100045
网　址　www.crtp.com.cn
微　博　http://weibo.com/crtp
电子信箱　crtp8@sina.com

经　销　全国各地新华书店
印　刷　涿州市京南印刷厂

开　本　710毫米×1000毫米　1/16
字　数　98（千）字
印　张　16
版　次　2015年9月第1版　2015年9月第1次印刷

书　号　ISBN 978-7-5043-7515-5
定　价　39.80元（附赠光盘）